Jules Verne

Une fantaisie du docteur Ox

FOLIO JUNIOR/**GALLIMARD** JEUNESSE

I

Comme quoi il est inutile de chercher,
même sur les meilleures cartes,
la petite ville de Quiquendone.

Si vous cherchez sur une carte des Flandres, ancienne ou moderne, la petite ville de Quiquendone, il est probable que vous ne l'y trouverez pas. Quiquendone est-elle donc une cité disparue. Non ? Une ville à venir ? Pas davantage. Elle existe, en dépit des géographes, et cela depuis huit à neuf cents ans. Elle compte même deux mille trois cent quatre-vingt-treize âmes, en admettant une âme par chaque habitant. Elle est située à treize kilomètres et demi dans le nord-ouest d'Audenarde et à quinze kilomètres un quart dans le sud-est de Bruges, en pleine Flandres. Le Vaar, petit affluent de l'Escaut, passe sous ses trois ponts, encore recouverts d'une antique toiture du Moyen Âge, comme à Tournay. On y admire un vieux château, dont la première pierre fut posée, en 1197, par le comte Baudouin, futur empereur de Constantinople, et un hôtel de ville à demi-fenêtres gothiques, couronné d'un chapelet de créneaux, que domine un beffroi à tourelles, élevé de trois cent cinquante-sept pieds au-dessus du sol. On y entend, à chaque heure, un carillon de cinq octaves, véritable piano aérien, dont la renommée surpasse celle du célèbre carillon de Bruges. Les étrangers – s'il en est jamais venu à Quiquendone – ne quittent point cette curieuse ville sans avoir visité sa salle des stathouders, ornée du portrait en pied de Guillaume de Nassau par Brandon ; le jubé de l'église Saint-Magloire, chef-d'œuvre de l'architecture du XVIe siècle ; le puits en fer forgé qui se creuse au milieu de la grande place Saint-Ernuph, dont l'admirable ornementation est due au peintre-forgeron Quentin Metsys ; le tombeau élevé autrefois à Marie de Bourgogne, fille de Charles le Téméraire, qui repose maintenant dans l'église de Notre-Dame de Bruges, etc. Enfin, Quiquendone a pour principale industrie la fabrication des crèmes fouettées et des sucres d'orge sur une grande échelle. Elle est administrée de père en fils depuis plusieurs siècles par la famille van Tricasse ! Et pourtant Quiquendone ne figure pas sur la carte des Flandres ! Est-ce oubli des géographes, est-ce omission volontaire ? C'est ce que je ne puis vous dire ; mais Quiquendone existe bien réellement avec ses rues étroites, son enceinte fortifiée, ses maisons espagnoles, sa halle et son bourgmestre, – à telles enseignes qu'elle a été récemment le théâtre de phénomènes surprenants, extraordinaires, invraisemblables autant que véridiques, et qui vont être fidèlement rapportés dans le présent récit.

Certes, il n'y a aucun mal à dire ni à penser des Flamands de la Flandre occidentale. Ce sont des gens de bien, sages, parcimonieux, sociables, d'humeur égale, hospitaliers, peut-être un peu lourds par le langage et l'esprit ; mais cela n'explique pas pourquoi l'une des plus intéressantes villes de leur territoire en est encore à figurer dans la cartographie moderne.

Cette omission est certainement regrettable. Si encore l'histoire, ou à défaut de l'histoire les chroniques, ou à défaut des chroniques la tradition du pays, faisaient mention de Quiquendone ! Mais non, ni les atlas, ni les guides, ni les itinéraires n'en parlent. M. Joanne lui-même, le perspicace dénicheur de bourgades, n'en dit pas un mot. On conçoit combien ce silence doit nuire au commerce, à l'industrie de cette ville. Mais nous nous hâterons d'ajouter que Quiquendone n'a ni industrie ni commerce, et qu'elle s'en passe le mieux du monde. Ses sucres d'orge et ses crèmes fouettées, elle les consomme sur place et ne les exporte pas.

Enfin, les Quiquendoniens n'ont besoin de personne. Leurs désirs sont restreints, leur existence est modeste ; ils sont calmes, modérés, froids, flegmatiques, en un mot « Flamands », comme il s'en rencontre encore quelquefois entre l'Escaut et la mer du Nord.

II

Où le bourgmestre van Tricasse et le conseiller Niklausse s'entretiennent des affaires de la ville.

– Vous croyez ? demanda le bourgmestre.

– Je le crois, répondit le conseiller, après quelques minutes de silence.

– C'est qu'il ne faut point agir à la légère, reprit le bourgmestre.

– Voilà dix ans que nous causons de cette affaire si grave, répliqua le conseiller Niklausse, et je vous avoue, mon digne van Tricasse, que je ne puis prendre encore sur moi de me décider.

– Je comprends votre hésitation, reprit le bourgmestre, qui ne parla qu'après un bon quart d'heure de réflexion, je comprends votre hésitation et je la partage. Nous ferons sagement de ne rien décider avant un plus ample examen de la question.

11

– Il est certain, répondit Niklausse, que cette place de commissaire civil est inutile dans une ville aussi paisible que Quiquendone.

– Notre prédécesseur, répondit van Tricasse d'un ton grave, notre prédécesseur ne disait jamais, n'aurait jamais osé dire qu'une chose est certaine. Toute affirmation est sujette à des retours désagréables.

Le conseiller hocha la tête en signe d'assentiment, puis il demeura silencieux une demi-heure environ. Après ce laps de temps, pendant lequel le conseiller et le bourgmestre ne remuèrent pas même un doigt, Niklausse demanda à van Tricasse si son prédécesseur – il y avait quelque vingt ans – n'avait pas eu comme lui la pensée de supprimer cette place de commissaire civil, qui, chaque année, grevait la ville de Quiquendone d'une somme de treize cent soixante-quinze francs et des centimes.

– En effet, répondit le bourgmestre, qui porta avec une majestueuse lenteur sa main à son front limpide, en effet ; mais ce digne homme est mort avant d'avoir osé prendre une détermination, ni à cet égard, ni à l'égard d'aucune autre mesure administrative. C'était un sage. Pourquoi ne ferais-je pas comme lui ?

Le conseiller Niklausse eût été incapable d'imaginer une raison qui pût contredire l'opinion du bourgmestre.

– L'homme qui meurt sans s'être jamais décidé à rien pendant sa vie, ajouta gravement van Tricasse, est bien près d'avoir atteint la perfection en ce monde !

Cela dit, le bourgmestre pressa du bout du petit doigt un timbre au son voilé, qui fit entendre moins un son qu'un soupir. Presque aussitôt, quelques pas légers glissèrent doucement sur les carreaux du palier. Une souris n'eût pas fait moins de bruit en trottinant sur une épaisse moquette. La porte de la chambre s'ouvrit en tournant sur ses gonds huilés. Une jeune fille blonde, à longues tresses, apparut. C'était Suzel van Tricasse, la fille unique du bourgmestre. Elle remit à son père avec sa pipe bourrée à point un petit brasero de cuivre, ne prononça pas une parole, et disparut aussitôt, sans que sa sortie eût produit plus de bruit que son entrée.

L'honorable bourgmestre alluma l'énorme fourneau de son instrument, et s'effaça bientôt dans un nuage de fumée bleuâtre, laissant le conseiller Niklausse plongé au milieu des plus absorbantes réflexions.

La chambre dans laquelle causaient ainsi ces deux notables personnages, chargés de l'administration de Quiquendone, était un parloir richement orné de sculptures en bois sombre. Une haute cheminée, vaste foyer dans lequel eût pu brûler un chêne ou rôtir un bœuf, occupait tout un panneau du parloir et faisait face à une fenêtre à treillis, dont les vitraux peinturlurés tamisaient doucement les rayons du jour. Dans un cadre antique, au-dessus de la cheminée, apparaissait le portrait d'un bonhomme quelconque, attribué à Hemling, qui devait représenter un ancêtre des van Tricasse, dont la généalogie remonte authentiquement au XIVe siècle, époque à laquelle les Flamands et Gui de Dampierre eurent à lutter contre l'empereur Rodolphe de Hapsbourg.

Ce parloir faisait partie de la maison du bourgmestre, l'une des plus agréables de Quiquendone. Construite dans le goût flamand et avec tout l'imprévu, le caprice, le pittoresque, le fantaisiste, que comporte l'architecture ogivale, on la citait entre les plus curieux monuments de la ville. Un couvent de chartreux ou un établissement de sourds-muets n'eussent pas été plus silencieux que cette habitation. Le bruit n'y existait pas ; on n'y marchait pas, on y glissait ; on n'y parlait pas, on y murmurait. Et cependant les femmes ne manquaient point à la maison, qui, sans compter le bourgmestre van Tricasse, abritait encore sa femme Mme Brigitte van Tricasse, sa fille Suzel van Tricasse, et sa servante Lotchè Janshéu. Il convient de citer aussi la sœur du bourgmestre, la tante Hermance, vieille fille répondant encore au nom de Tatanémance, que lui donnait autrefois sa nièce Suzel, du temps qu'elle était petite fille. Eh bien, malgré tous ces éléments de discorde, de bruit, de bavardage, la maison du bourgmestre était calme comme le désert.

Le bourgmestre était un personnage de cinquante ans, ni gras ni maigre, ni petit ni grand, ni vieux ni jeune, ni coloré ni pâle, ni gai ni triste, ni content ni ennuyé, ni énergique ni mou, ni fier ni humble, ni bon ni méchant, ni généreux ni avare, ni brave ni poltron, ni trop ni trop peu, – *ne quid nimis*, – un homme modéré en tout. Mais à la lenteur invariable de ses mouvements, à sa mâchoire inférieure un peu pendante, à sa paupière supérieure immuablement relevée, à son front uni comme une plaque de cuivre jaune et sans une ride, à ses muscles peu saillants, un physionomiste eût sans peine reconnu que le bourgmestre van Tricasse était le flegme personnifié. Jamais, – ni par la colère, ni par la passion, – jamais une émotion quelconque n'avait accéléré les mouvements du cœur de cet homme ni rougi sa face ; jamais ses pupilles ne s'étaient contractées sous l'influence d'une irritation, si passagère qu'on voudrait la supposer. Il était invariablement vêtu de bons habits ni trop larges ni trop étroits, qu'il ne parvenait pas à user. Il était chaussé de gros souliers carrés à triple semelle et à boucles d'argent, qui, par leur durée, faisaient le désespoir de son cordonnier.

Il était coiffé d'un large chapeau, qui datait de l'époque à laquelle la Flandre fut décidément séparée de la Hollande, ce qui attribuait à ce vénérable couvre-chef une durée de quarante ans. Mais que voulez-vous ? Ce sont les passions qui usent le corps aussi bien que l'âme, les habits aussi bien que le corps, et notre digne bourgmestre, apathique, indolent, indifférent, n'était passionné en rien. Il n'usait pas et ne s'usait pas, et par cela même il se trouvait précisément l'homme qu'il fallait pour administrer la cité de Quiquendone et ses tranquilles habitants.

La ville, en effet, n'était pas moins calme que la maison van Tricasse. Or, c'était dans cette paisible demeure que le bourgmestre comptait atteindre les limites les plus reculées de l'existence humaine, après avoir vu toutefois la bonne Mme Brigitte van Tricasse, sa femme, le précéder au tombeau, où elle ne trouverait certainement pas un repos plus profond que celui qu'elle goûtait depuis soixante ans sur la terre.

Ceci mérite une explication.

La famille van Tricasse aurait pu s'appeler justement la famille Jeannot. Voici pourquoi :

Chacun sait que le couteau de ce personnage typique est aussi célèbre que son propriétaire et non moins inusable, grâce à cette double opération incessamment renouvelée, qui consiste à remplacer le manche quand il est usé et la lame quand elle ne vaut plus rien. Telle était l'opération, absolument identique, pratiquée depuis un temps immémorial dans la famille van Tricasse, et à laquelle la nature s'était prêtée avec une complaisance un peu extraordinaire. Depuis 1340, on avait toujours vu invariablement un van Tricasse, devenu veuf, se remarier avec une van Tricasse, plus jeune que lui, qui, veuve, convolait avec un van Tricasse plus jeune qu'elle, qui veuf, etc., sans solution de continuité. Chacun mourait à son tour avec une régularité mécanique. Or, la digne Mme Brigitte van Tricasse en était à son deuxième mari, et, à moins de manquer à tous ses devoirs, elle devait précéder dans l'autre monde son époux, de dix ans plus jeune qu'elle, pour faire place à une nouvelle van Tricasse. Sur quoi l'honorable bourgmestre comptait absolument, afin de ne point rompre les traditions de la famille.

Telle était cette maison, paisible et silencieuse, dont les portes ne criaient pas, dont les vitres ne grelottaient pas, dont les parquets ne gémissaient pas, dont les cheminées ne ronflaient pas, dont les girouettes ne grinçaient pas, dont les meubles ne craquaient pas, dont les serrures ne cliquetaient pas, et dont les hôtes ne faisaient pas plus de bruit que leur ombre. Le divin Harpocrate l'eût certainement choisie pour le temple du silence.

III

Où le commissaire Passauf fait une entrée
aussi bruyante qu'inattendue.

Lorsque l'intéressante conversation que nous avons rapportée plus haut avait commencé entre le conseiller et le bourgmestre, il était deux heures trois quarts après midi. Ce fut à trois heures quarante-cinq minutes que van Tricasse alluma sa vaste pipe, qui pouvait contenir un quart de tabac, et ce fut à cinq heures et trente-cinq minutes seulement qu'il acheva de fumer.

Pendant tout ce temps, les deux interlocuteurs n'échangèrent pas une seule parole.

Vers six heures, le conseiller, qui procédait toujours par prétermission ou aposiopèse, reprit en ces termes :

– Ainsi nous nous décidons ?…

– A ne rien décider, répliqua le bourgmestre.

– Je crois, en somme, que vous avez raison, van Tricasse.

– Je le crois aussi, Niklausse. Nous prendrons une résolution à l'égard du commissaire civil quand nous serons mieux édifiés… plus tard… Nous ne sommes pas à un mois près.

– Ni même à une année, répondit Niklausse, en dépliant son mouchoir de poche, dont il se servit, d'ailleurs, avec une discrétion parfaite.

Un nouveau silence, qui dura une bonne heure s'établit encore. Rien ne troubla cette nouvelle halte dans la conversation, pas même l'apparition du chien de la maison, l'honnête Lento, qui, non moins flegmatique que son maître, vint faire poliment un tour de parloir. Digne chien ! Un modèle pour tous ceux son espèce. Il eut été en carton, avec des roulettes aux pattes, qu'il n'eût pas fait moins de bruit pendant sa visite.

Vers huit heures, après que Lotchè eut apporté la lampe antique à verre dépoli, le bourgmestre dit au conseiller :

– Nous n'avons pas d'autre affaire urgente à expédier, Niklausse ?

– Non van Tricasse, aucune, que je sache.

– Ne m'a-t-on pas dit, cependant, demanda le bourgmestre, que la tour de la porte d'Audenarde menaçait ruine ?

– En effet, répondit le conseiller, et, vraiment,

je ne serais pas étonné qu'un jour ou l'autre elle écrasât quelque passant.

– Oh! reprit le bourgmestre, avant qu'un tel malheur arrive, j'espère bien que nous aurons pris une décision à l'endroit de cette tour.

– Je l'espère, van Tricasse.

– Il y a des questions plus pressantes à résoudre.

– Sans doute, répondit le conseiller, la question de la halle aux cuirs par exemple.

– Est-ce qu'elle brûle toujours? demanda le bourgmestre.

– Toujours, depuis trois semaines.

– N'avons-nous pas décidé en conseil de la laisser brûler?

– Oui, van Tricasse, et cela sur votre proposition.

– N'était-ce pas le moyen le plus sûr et le plus simple d'avoir raison de cet incendie?

– Sans contredit.

– Eh bien, attendons. C'est tout?

– C'est tout, répondit le conseiller, qui se grattait le front comme pour s'assurer qu'il n'oubliait pas quelque affaire importante.

– Ah! fit le bourgmestre, n'avez-vous pas entendu parler aussi d'une fuite d'eau qui menace d'inonder le bas quartier de Saint-Jacques?

– En effet, répondit le conseiller. Il est même fâcheux que cette fuite d'eau ne se soit pas déclarée au-dessus de la halle aux cuirs! Elle eût naturellement combattu l'incendie, et cela nous aurait épargné bien des frais de discussion.

– Que voulez-vous, Niklausse, répondit le digne bourgmestre, il n'y a rien d'illogique comme les accidents. Ils n'ont aucun lien entre eux, et l'on ne peut pas, comme on le voudrait, profiter de l'un pour atténuer l'autre.

Cette fine observation de van Tricasse exigea quelque temps pour être goûtée par son interlocuteur et ami.

– Eh mais ? reprit quelques instants plus tard le conseiller Niklausse, nous ne parlons même pas de notre grande affaire !

– Quelle grande affaire ? Nous avons donc une grande affaire ? demanda le bourgmestre.

– Sans doute. Il s'agit de l'éclairage de la ville.

– Ah ! oui, répondit le bourgmestre, si ma mémoire est fidèle, vous voulez parler de l'éclairage du docteur Ox ?

– Précisément.

– Eh bien ?

– Cela marche, Niklausse, répondit le bourgmestre. On procède déjà à la pose des tuyaux, et l'usine est entièrement achevée.

– Peut-être nous sommes-nous un peu pressés dans cette affaire, dit le conseiller en hochant la tête.

– Peut-être, répondit le bourgmestre, mais notre

excuse, c'est que le docteur Ox fait tous les frais de son expérience. Cela ne nous coûtera pas un denier.

– C'est, en effet, notre excuse. Puis, il faut bien marcher avec son siècle. Si l'expérience réussit, Quiquendone sera la première ville des Flandres éclairée au gaz oxy… Comment appelle-t-on ce gaz-là ?

– Le gaz oxy-hydrique.

– Va donc pour le gaz oxy-hydrique.

En ce moment, la porte s'ouvrit, et Lotchè vint annoncer au bourgmestre que son souper était prêt.

Le conseiller Niklausse se leva pour prendre congé de van Tricasse, que tant de décisions prises et tant d'affaires traitées avaient mis en appétit. Puis il fut convenu que l'on assemblerait dans un délai assez éloigné le conseil des notables, afin de décider si l'on prendrait provisoirement une décision sur la question véritablement urgente de la tour d'Audenarde.

Les deux dignes administrateurs se dirigèrent alors vers la porte qui s'ouvrait sur la rue, l'un reconduisant l'autre.

Le conseiller, arrivé au dernier palier, alluma une petite lanterne qui devait le guider dans les rues obscures de Quiquendone, que l'éclairage du docteur Ox n'illuminait pas encore. La nuit était noire, on était au mois d'octobre, et un léger brouillard embrumait la ville.

Les préparatifs de départ du conseiller Niklausse demandèrent un bon quart d'heure, car, après avoir allumé sa lanterne, il dut chausser ses gros socques articulés en peau de vache et ganter ses épaisses moufles en peau de mouton ; puis il releva le collet fourré de sa redingote, rabattit son feutre sur ses yeux, assura dans sa main son lourd parapluie à bec de corbin, et se disposa à sortir.

Au moment où Lotchè, qui éclairait son maître, allait retirer la barre de la porte, un bruit inattendu éclata au-dehors.

Oui ! dût la chose paraître invraisemblable, un bruit, un véritable bruit, tel que la ville n'en avait certainement pas entendu depuis la prise du donjon par les Espagnols, en 1513, un effroyable bruit éveilla les échos si profondément endormis de la vieille maison van Tricasse. On heurtait cette porte, vierge jusqu'alors de tout attouchement brutal ! On frappait à coups redoublés avec un instrument contondant qui devait être un bâton noueux manié par une main robuste ! Aux coups se mêlaient des cris, un appel. On entendait distinctement ces mots :

– Monsieur van Tricasse ! monsieur le bourgmestre ! ouvrez, ouvrez vite !

Le bourgmestre et le conseiller, absolument

ahuris, se regardaient sans mot dire. Ceci passait leur imagination. On eût tiré dans le parloir la vieille couleuvrine du château, qui n'avait pas fonctionné depuis 1385, que les habitants de la maison van Tricasse n'auraient pas été plus « épatés ». Qu'on nous passe ce mot, qu'on excuse sa trivialité en faveur de sa justesse.

Cependant, les coups, les cris, les appels redoublaient. Lotchè, reprenant son sang-froid, se hasarda à parler.

– Qui est là ? demanda-t-elle.

– C'est moi ! moi ! moi !

– Qui, vous ?

– Le commissaire Passauf !

Le commissaire Passauf ! Celui-là même dont il était question, depuis dix ans, de supprimer la charge. Que se passait-il donc ? Les Bourguignons auraient-ils envahi Quiquendone comme au XIVe siècle ! Il ne fallait rien moins qu'un événement de cette importance pour émotionner à ce point le commissaire Passauf, qui ne le cédait en rien, pour le calme et le flegme, au bourgmestre lui-même.

Sur un signe de van Tricasse, – car le digne homme n'aurait pu articuler une parole, – la barre fut repoussée, et la porte s'ouvrit.

Le commissaire Passauf se précipita dans l'antichambre. On eût dit un ouragan.

– Qu'y a-t-il, monsieur le commissaire ? demanda

Lotchè, une brave fille qui ne perdait pas la tête dans les circonstances les plus graves.

– Ce qu'il y a ! répondit Passauf, dont les gros yeux ronds exprimaient une émotion réelle. Il y a que je viens de la maison du docteur Ox, où il y avait réception, et que là...

– Là ? fit le conseiller.

– Là, j'ai été témoin d'une altercation telle que... monsieur le bourgmestre, on a parlé politique !

– Politique ! répéta van Tricasse en hérissant sa perruque.

– Politique ! reprit le commissaire Passauf, ce qui ne s'était pas fait depuis cent ans peut-être à Quiquendone. Alors la discussion s'est montée. L'avocat André Schut et le médecin Dominique Custos se sont pris à partie avec une violence qui les amènera peut-être sur le terrain...

– Sur le terrain ! s'écria le conseiller. Un duel ! Un duel à Quiquendone ! Et que se sont donc dit l'avocat Schut et le médecin Custos ?

Ceci textuellement : Monsieur l'avocat, a dit le médecin à son adversaire, vous allez un peu loin, ce me semble, et vous ne songez pas suffisamment à mesurer vos paroles !

Le bourgmestre van Tricasse joignit les mains. Le conseiller pâlit et laissa choir sa lanterne. Le commissaire hocha la tête. Une phrase si évidemment provocatrice, prononcée par deux notables du pays !

– Ce médecin Custos, murmura van Tricasse, est décidément un homme dangereux, une tête exaltée ! Venez, messieurs !

Et sur ce, le conseiller Niklausse et le commissaire rentrèrent dans le parloir avec le bourgmestre van Tricasse.

IV

*Où le docteur Ox se révèle comme
un physiologiste de premier ordre
et un audacieux expérimentateur.*

Quel est donc ce personnage connu sous le nom bizarre de docteur Ox ?

Un original à coup sûr, mais en même temps un savant audacieux, un physiologiste dont les travaux sont connus et appréciés de toute l'Europe savante, un rival heureux des Davy, des Dalton, des Bostock, des Menzies, des Godwin, des Vierordt, de tous ces grands esprits qui ont mis la physiologie au premier rang des sciences modernes.

Le docteur Ox était un homme demi-gros, de taille moyenne, âgé de... mais nous ne saurions préciser son âge, non plus que sa nationalité. D'ailleurs, peu importe. Il suffit qu'on sache bien que c'était un étrange personnage, au sang chaud et impétueux, véritable excentrique échappé d'un volume d'Hoffmann, et qui contrastait singulièrement, on n'en peut douter, avec les habitants de Quiquendone. Il avait en lui, en ses doctrines, une imperturbable confiance. Toujours souriant, marchant tête haute, épaules dégagées, aisément, librement, regard assuré, larges narines bien ouvertes, vaste bouche qui humait l'air par grandes aspirations, sa personne plaisait à voir. Il était vivant, bien vivant, lui, bien équilibré dans toutes les parties de sa machine, bien allant, avec du vif argent dans les veines et un cent d'aiguilles sous les pieds. Aussi ne pouvait-il jamais rester en place, et s'échappait-il en paroles précipitées et en gestes surabondants.

Était-il donc riche, ce docteur Ox, qui venait entreprendre à ses frais l'éclairage d'une ville tout entière ?

Probablement, puisqu'il se permettait de telles dépenses, et c'est la seule réponse que nous puissions faire à cette demande indiscrète.

Le docteur Ox était arrivé depuis cinq mois à Quiquendone, en compagnie de son préparateur, qui répondait au nom de Gédéon Ygène, un grand, sec, maigre, tout en hauteur, mais non moins vivant que son maître.

Et maintenant, pourquoi le docteur Ox avait-il soumissionné, et à ses frais, l'éclairage de la ville ?

Pourquoi avait-il précisément choisi les paisibles Quiquendoniens, ces Flamands entre tous les Flamands, et voulait-il doter leur cité des bienfaits d'un éclairage hors ligne ? Sous ce prétexte, ne voulait-il pas essayer quelque grande expérience physiologique, en opérant *in anima vili* ? Enfin qu'allait tenter cet original ? C'est ce que nous ne savons pas, le docteur Ox n'ayant pas d'autre confident que son préparateur Ygène, qui, d'ailleurs, lui obéissait aveuglément.

En apparence, tout au moins, le docteur Ox s'était engagé à éclairer la ville, qui en avait bien besoin, « la nuit surtout », disait finement le commissaire Passauf. Aussi, une usine pour la production d'un gaz éclairant avait-elle été installée. Les gazomètres étaient prêts à fonctionner, et les tuyaux de conduite, circulant sous le pavé des rues, devaient avant peu s'épanouir sous forme de becs dans les édifices publics et même dans les maisons particulières de certains amis du progrès.

En sa qualité de bourgmestre, van Tricasse, et en sa qualité de conseiller, Niklausse, puis quelques autres notables avaient cru devoir autoriser dans leurs habitations l'introduction de ce moderne éclairage.

Si le lecteur ne l'a pas oublié, pendant cette longue conversation du conseiller et du bourgmestre, il fut dit que l'éclairage de la ville serait obtenu, non point par la combustion du vulgaire hydrogène carburé que fournit la distillation de la houille, mais bien par l'emploi d'un gaz plus moderne et vingt fois plus brillant, le gaz oxyhydrique, que produisent l'hydrogène et l'oxygène mélangés.

Or, le docteur, habile chimiste et ingénieux physicien, savait obtenir ce gaz en grande masse et à bon compte, non point en employant le manganate de soude, suivant les procédés de M. Tessié du Motay, mais tout simplement en décomposant l'eau, légèrement acidulée au moyen d'une pile faite d'éléments nouveaux et inventée par lui. Ainsi, point de substances coûteuses, point de platine, point de cornues, point de combustible, pas d'appareil délicat pour produire isolément les deux gaz. Un courant électrique traversait de vastes cuves pleines d'eau, et l'élément liquide se décomposait en ses deux parties constitutives, l'oxygène et l'hydrogène. L'oxygène s'en allait d'un côté; l'hydrogène, en volume double de son ancien associé, s'en allait d'un autre. Tous deux étaient recueillis dans des réservoirs séparés, – précaution essentielle, car leur mélange eût produit une épouvantable explosion, s'il se fût enflammé. Puis, des tuyaux devaient les conduire séparément aux divers becs, qui seraient disposés de manière à prévenir toute explosion. Il se produirait alors une flamme remarquablement brillante, flamme dont l'éclat rivalise avec celui de la lumière électrique, qui – chacun le sait de reste – est, d'après les expériences de Casselmann, égale à celle de onze cent soixante et onze bougies, pas une de plus, pas une de moins.

Il était certain que la cité de Quiquendone gagnerait, à cette généreuse combinaison, un éclairage splendide. Mais c'était là ce dont le docteur Ox et son préparateur se préoccupaient le moins, ainsi qu'on le verra par la suite.

Précisément, le lendemain du jour où le commissaire Passauf avait fait cette bruyante apparition dans le parloir du bourgmestre, Gédéon Ygène et le docteur Ox causaient tous les deux dans le cabinet de travail qui leur était commun, au rez-de-chaussée du principal bâtiment de l'usine.

– Eh bien, Ygène, eh bien ! s'écriait le docteur Ox en se frottant les mains. Vous les avez vus, hier, à notre réception, ces bons Quiquendoniens à sang-froid qui tiennent, pour la vivacité des passions, le milieu entre les éponges et les excroissances coralligènes ! Vous les avez vus, se disputant, se provoquant de la voix et du geste ! Déjà métamorphosés moralement et physiquement ! Et cela ne fait que commencer ! Attendez-les au moment où nous les traiterons à haute dose !

– En effet, maître, répondit Gédéon Ygène, en grattant son nez pointu du bout de l'index, l'expérience débute bien, et si moi-même je n'avais pas prudemment fermé le robinet d'écoulement, je ne sais pas ce qui serait arrivé.

– Vous avez entendu cet avocat Schut et ce médecin Custos ? reprit le docteur Ox. La phrase en elle-même n'était point méchante, mais, dans la bouche d'un Quiquendonien, elle vaut toute la série des injures que les héros d'Homère se jettent à la tête avant de dégainer. Ah ! ces Flamands ! vous verrez ce que nous en ferons un jour !

– Nous en ferons des ingrats, répondit Gédéon Ygène du ton d'un homme qui estime l'espèce humaine à sa juste valeur.

– Bah ! fit le docteur, peu importe qu'ils nous sachent gré ou non, si notre expérience réussit !

– D'ailleurs, ajouta le préparateur en souriant d'un air malin, n'est-il pas à craindre qu'en produisant une telle excitation dans leur appareil respiratoire, nous ne désorganisions un peu leurs poumons, à ces honnêtes habitants de Quiquendone ?

– Tant pis pour eux, répondit le docteur Ox. C'est dans l'intérêt de la science ! Que diriez-vous si les chiens ou les grenouilles se refusaient aux expériences de vivisection ?

Il est probable que si l'on consultait les grenouilles

et les chiens, ces animaux feraient quelques objections aux pratiques des vivisecteurs ; mais le docteur Ox croyait avoir trouvé là un argument irréfutable, car il poussa un vaste soupir de satisfaction.

– Après tout, maître, vous avez raison, répondit Gédéon Ygène d'un air convaincu, Nous ne pouvions trouver mieux que ces habitants de Quiquendone.

– Nous ne le pouvions pas, dit le docteur en articulant chaque syllabe.

– Vous leur avez tâté le pouls, à ces êtres-là ?

– Cent fois.

– Et quelle est la moyenne des pulsations observées ?

– Pas cinquante minutes. Comprenez donc : une ville où depuis un siècle il n'y a pas eu l'ombre de discussion, où les charretiers ne jurent pas, où les cochers ne s'injurient pas, où les chevaux ne s'emportent pas, où les chiens, ne mordent pas, où les chats ne griffent pas ! une ville dont le tribunal de simple police chôme d'un bout de l'année à l'autre ! une ville où l'on ne se passionne pour rien, ni pour les arts ni pour les affaires ! une ville où les gendarmes sont à l'état de mythes, et dans laquelle pas un procès-verbal n'a été dressé en cent années ! une ville enfin où, depuis trois cents ans, il ne s'est pas donné un coup de poing ni échangé une gifle ! Vous comprenez bien, maître

Ygène, que cela ne peut pas durer et que nous modifierons tout cela.

– Parfait ! parfait ! répliqua le préparateur, enthousiasmé. Et l'air de cette ville, maître, vous l'avez analysé ?

– Je n'y ai point manqué. Soixante-dix-neuf parties d'azote et vingt-neuf parties d'oxygène, de l'acide carbonique et de la vapeur d'eau en quantité variable. Ce sont les proportions ordinaires.

– Bien, docteur, bien, répondit maître Ygène. L'expérience se fera en grand, et elle sera décisive.

– Et si elle est décisive, ajouta le docteur Ox d'un air triomphant, nous réformerons le monde !

V

Où le bourgmestre et le conseiller vont faire
une visite au docteur Ox, et ce qui s'ensuit.

Le conseiller Niklausse et le bourgmestre
van Tricasse surent enfin ce que c'était qu'une nuit
agitée. Le grave événement qui s'était accompli
dans la maison du docteur Ox leur causa une véritable insomnie. Quelles conséquences aurait cette
affaire ? ils ne pouvaient l'imaginer. Y aurait-il
une décision à prendre ? L'autorité municipale,
représentée par eux, serait-elle forcée d'interve-
nir ? Édicterait-on des arrêtés pour qu'un pareil
scandale ne se renouvelât pas ? Tous ces doutes ne
pouvaient que troubler ces molles natures. Aussi,
la veille avant de se séparer, les deux notables
avaient-ils « décidé » de se revoir le lendemain.

Le lendemain donc, avant le dîner, le bourgmestre van Tricasse se transporta de sa personne

chez le conseiller Niklausse. Il trouva son ami plus calme. Lui-même avait repris son assiette.

– Rien de nouveau ? demanda van Tricasse.

– Rien de nouveau depuis hier, répondit Niklausse.

– Et le médecin Dominique Custos ?

– Je n'en ai pas plus entendu parler que de l'avocat André Schut.

Après une heure de conversation qui tiendrait en trois lignes et qu'il est inutile de rapporter, le conseiller et le bourgmestre avaient résolu de rendre visite au docteur Ox, afin de tirer de lui quelques éclaircissements sans en avoir l'air.

Contrairement à toutes leurs habitudes, cette décision étant prise, les deux notables se mirent en devoir de l'exécuter incontinent. Ils quittèrent la maison et se dirigèrent vers l'usine du docteur Ox, située en dehors de la ville, près de la porte d'Audenarde, – précisément celle dont la tour menaçait ruine.

Le bourgmestre et le conseiller ne se donnaient pas le bras, mais ils marchaient, *passibus aequis*, d'un pas lent et solennel, qui ne les avançait guère que de treize pouces par seconde. C'était, d'ailleurs, l'allure ordinaire de leurs administrés, qui, de mémoire d'homme, n'avaient jamais vu personne courir à travers les rues de Quiquendone.

De temps à autre, à un carrefour calme et tranquille, au coin d'une rue paisible, les deux notables s'arrêtaient pour saluer les gens.

– Bonjour, monsieur le bourgmestre, disait l'un.

– Bonjour, mon ami, répondait van Tricasse.

– Rien de nouveau, monsieur le conseiller ? demandait l'autre.

– Rien de nouveau, répondait Niklausse.

Mais à certains airs étonnés, à certains regards interrogateurs, on pouvait deviner que l'altercation de la veille était connue dans la ville. Rien qu'à la direction suivie par van Tricasse, le plus obtus des Quiquendoniens eût deviné que le bourgmestre allait accomplir quelque grave démarche. L'affaire Custos et Schut occupait toutes les imaginations, mais on n'en était pas encore à prendre parti pour l'un ou pour l'autre. Cet avocat et ce médecin étaient, en somme, deux personnages estimés. L'avocat Schut, n'ayant jamais eu l'occasion de plaider dans une ville où les avoués et les huissiers n'existaient que pour mémoire, n'avait, par conséquent, jamais perdu de procès. Quant au médecin Custos, c'était un honorable praticien, qui, à l'exemple de ses confrères, guérissait les malades de toutes les maladies, excepté de celle dont ils mouraient. Fâcheuse habitude prise, malheureusement, par tous les membres de toutes les Facultés, en quelque pays qu'ils exercent.

En arrivant à la porte d'Audenarde, le conseiller et le bourgmestre firent prudemment un petit crochet pour ne point passer dans « le rayon de chute » de la tour, puis ils la considérèrent avec attention.

– Je crois qu'elle tombera, dit van Tricasse.

– Je le crois aussi, répondit Niklausse.

– A moins qu'on ne l'étaye, ajouta van Tricasse. Mais faut-il l'étayer ? Là est la question.

– C'est en effet la question, répondit Niklausse.

Quelques instants après, ils se présentaient à la porte de l'usine.

– Le docteur Ox est-il visible ? demandèrent-ils.

Le docteur Ox était toujours visible pour les premières autorités de la ville, et celles-ci furent aussitôt introduites dans le cabinet du célèbre physiologiste.

Peut-être les deux notables attendirent-ils une grande heure avant que le docteur parût. Du moins on est fondé à le croire, car le bourgmestre – ce qui ne lui était jamais arrivé de sa vie – montra une certaine impatience dont son compagnon ne fut pas exempt non plus.

Le docteur Ox entra enfin et s'excusa tout d'abord d'avoir fait attendre ces messieurs ; mais un plan de gazomètre à approuver, un branchement à rectifier... D'ailleurs, tout marchait !

Les conduites destinées à l'oxygène étaient déjà posées. Avant quelques mois, la ville serait dotée d'un splendide éclairage. Les deux notables pouvaient déjà voir les orifices des tuyaux qui s'épanouissaient dans le cabinet du docteur.

Puis, le docteur s'informa du motif qui lui procurait l'honneur de recevoir chez lui le bourgmestre et le conseiller.

– Mais vous voir, docteur, vous voir, répondit van Tricasse. Il y a longtemps que nous n'avions eu ce plaisir. Nous sortons peu, dans notre bonne ville de Quiquendone. Nous comptons nos pas et nos démarches. Heureux quand rien ne vient rompre l'uniformité…

Niklausse regardait son ami. Son ami n'en avait jamais dit si long, – du moins sans prendre des temps et sans espacer ses phrases par de larges pauses. Il lui semblait que van Tricasse s'exprimait avec une certaine volubilité qui ne lui était pas ordinaire. Niklausse lui-même sentait aussi comme une irrésistible démangeaison de parler.

Quant au docteur Ox, il regardait attentivement le bourgmestre de son œil malin.

Van Tricasse, qui ne discutait jamais qu'après s'être confortablement installé dans un bon fauteuil, s'était levé cette fois. Je ne sais quelle surexcitation nerveuse, tout à fait contraire à son tempérament, l'avait pris alors. Il ne gesticulait pas encore, mais cela ne pouvait tarder. Quant au conseiller, il se frottait les mollets et respirait à lentes et grandes gorgées. Son regard s'animait peu à peu, et il était « décidé » à soutenir quand même, s'il en était besoin, son féal et ami le bourgmestre.

Van Tricasse s'était levé, il avait fait quelques pas, puis il était revenu se placer en face du docteur.

– Et dans combien de mois, demanda-t-il d'un ton légèrement accentué, dans combien de mois dites-vous que vos travaux seront terminés ?

– Dans trois ou quatre mois, monsieur le bourgmestre, répondit le docteur Ox.

– Trois ou quatre mois, c'est bien long ! dit van Tricasse.

– Beaucoup trop long ! ajouta Niklausse, qui, ne pouvant plus tenir en place, s'était levé aussi.

– Il nous faut ce laps de temps pour achever notre opération, répondit le docteur. Les ouvriers, que nous avons dû choisir dans la population de Quiquendone, ne sont pas très expéditifs.

– Comment, ils ne sont pas expéditifs ! s'écria le bourgmestre, qui sembla prendre ce mot comme une offense personnelle.

– Non, monsieur le bourgmestre, répondit le docteur Ox en insistant. Un ouvrier français ferait en une journée le travail de dix de vos administrés ! Vous le savez, ce sont de purs Flamands !

– Flamands ! s'écria le conseiller Niklausse, dont les poings se crispaient. Quel sens, monsieur, entendez-vous donner à mot ?

– Mais le sens… aimable que tout le monde lui donne, répondit en souriant le docteur.

– Ah çà, monsieur ! dit le bourgmestre en arpentant le cabinet d'une extrémité à l'autre, je n'aime pas ces insinuations. Les ouvriers de Quiquendone valent les ouvriers de toute autre ville du monde, savez-vous, et ce n'est ni à Paris ni à Londres que nous irons chercher des modèles ! Quant aux travaux qui vous concernent, je vous prierai d'en accélérer l'exécution. Nos rues sont dépavées pour la pose de vos tuyaux de conduite, et c'est une entrave à la circulation. Le commerce finira par se plaindre, et moi, administrateur responsable, je n'entends pas encourir des reproches trop légitimes !

Brave bourgmestre ! Il avait parlé de commerce, de circulation, et ces mots, auxquels il n'était pas habitué, ne lui écorchaient pas les lèvres ? Mais que se passait-il donc en lui ?

– D'ailleurs, ajouta Niklausse, la ville ne peut être plus longtemps privée d'éclairage.

– Cependant, dit le docteur, une ville qui attend depuis huit ou neuf cents ans…

– Raison de plus, monsieur, répondit le bourgmestre en accentuant ses syllabes. Autres temps, autres mœurs ! Le progrès marche, et nous ne voulons pas rester en arrière ! Avant un mois, nous entendons que nos rues soient éclairées, ou bien vous payerez une indemnité considérable par jour de retard ! Et qu'arriverait-il si, dans les ténèbres, quelque rixe se produisait ?

– Sans doute, s'écria Niklausse, il ne faut qu'une étincelle pour enflammer un Flamand ? Flamand, flamme !

– Et à ce propos, dit le bourgmestre en coupant la parole à son ami, il nous a été rapporté par le chef de la police municipale, le commissaire Passauf, qu'une discussion avait eu lieu hier soir, dans vos salons, monsieur le docteur. S'est-on trompé en affirmant qu'il s'agissait d'une discussion politique ?

– En effet, monsieur le bourgmestre, répondit le docteur Ox, qui ne réprimait pas sans peine un soupir de satisfaction.

– Et une altercation n'a-t-elle pas eu lieu entre le médecin Dominique Custos et l'avocat André Schut ?

– Oui, monsieur le conseiller, mais les expressions qui ont été échangées n'avaient rien de grave.

– Rien de grave ! s'écria le bourgmestre, rien de grave, quand un homme dit à un autre qu'il ne mesure pas la portée de ses paroles ! Mais de quel limon êtes-vous donc pétri, monsieur ? Ne savez-vous pas que, dans Quiquendone, il n'en faut pas davantage pour amener des conséquences extrêmement regrettables ? Mais, monsieur, si vous ou tout autre se permettait de me parler ainsi...

– Et à moi !... ajouta le conseiller Niklausse.

En prononçant ces paroles d'un ton menaçant, les deux notables, bras croisés, cheveux hérissés, regardaient en face le docteur Ox, prêts à lui faire un mauvais parti, si un geste, moins qu'un geste, un coup d'œil, eût pu faire supposer en lui une intention contrariante.

Mais le docteur ne sourcilla pas.

– En tout cas, monsieur, reprit le bourgmestre, j'entends vous rendre responsable de ce qui se passe dans votre maison. Je suis garant de la tranquillité de cette ville, et je ne veux pas qu'elle soit troublée. Les événements qui se sont accomplis hier ne se renouvelleront pas, ou je ferai mon devoir, monsieur. Avez-vous entendu ? Mais répondez donc, monsieur !

En parlant ainsi, le bourgmestre, sous l'empire d'une surexcitation extraordinaire, élevait la voix au diapason de la colère. Il était furieux, ce digne van Tricasse, et certainement on dut l'entendre du dehors. Enfin, hors de lui, voyant que le docteur ne répondait pas à ses provocations :

– Venez, Niklausse, dit-il.

Et, fermant la porte avec une violence qui

ébranla la maison, le bourgmestre entraîna le conseiller à sa suite.

Peu à peu, quand ils eurent fait une vingtaine de pas dans la campagne, les dignes notables se calmèrent. Leur marche se ralentit, leur allure se modifia. L'illumination de leur face s'éteignit. De rouges, ils redevinrent roses.

Et un quart d'heure après avoir quitté l'usine, van Tricasse disait doucement au conseiller Niklausse :

– Un aimable homme que ce docteur Ox ! Je le verrai toujours avec le plus grand plaisir.

VI

Où Frantz Niklausse et Suzel van Tricasse
forment quelques projets d'avenir.

Nos lecteurs savent que le bourgmestre avait une fille, Mlle Suzel. Mais, si perspicaces qu'ils soient, ils n'ont pu deviner que le conseiller Niklausse avait un fils, M. Frantz. Et, l'eussent-ils deviné, rien de pouvait leur permettre d'imaginer que Frantz fût le fiancé de Suzel. Nous ajouterons que ces deux jeunes gens étaient faits l'un pour l'autre, et qu'ils s'aimaient comme on s'aime à Quiquendone.

Il ne faut pas croire que les jeunes cœurs ne battaient pas dans cette cité exceptionnelle. Seulement ils battaient avec une certaine lenteur. On s'y mariait comme dans toutes les autres villes du monde, mais on y mettait le temps. Les futurs, avant de s'engager dans ces liens terribles, voulaient s'étudier, et les études duraient au moins dix ans, comme au collège. Il était rare qu'on fût « reçu » avant ce temps.

Oui, dix ans ! dix ans on se faisait la cour ! Est-ce trop, vraiment, quand il s'agit de se lier pour la vie ? On étudie dix ans pour être ingénieur ou médecin, avocat ou conseiller de préfecture, et on voudrait en moins de temps acquérir les connaissances nécessaires pour faire un mari ? C'est inadmissible, et, affaire de tempérament ou de raison, les Quiquendoniens, nous paraissent être dans le vrai en prolongeant ainsi leurs études. Quand on voit, dans les autres villes, libres et ardentes, des mariages s'accomplir en quelques mois, il faut hausser les épaules et se hâter d'envoyer ses garçons au collège et ses filles au pensionnat de Quiquendone.

On ne citait depuis un demi-siècle qu'un seul mariage qui eût été fait en deux ans, et encore il avait failli mal tourner.

Frantz Niklausse aimait donc Suzel van Tricasse, mais paisiblement, comme on aime quand on a dix ans devant soi pour acquérir l'objet aimé. Toutes les semaines, une seule fois et à une heure convenue, Frantz venait chercher Suzel, et il l'emmenait sur les bords du Vaar. Il avait soin d'emporter sa ligne à pêcher, et Suzel n'avait garde d'oublier son canevas à tapisserie, sur lequel ses jolis doigts mariaient les fleurs les plus invraisemblables.

Il convient de dire ici que Frantz était un jeune homme de vingt-deux ans, qu'un léger duvet de pêche apparaissait sur ses joues, et enfin que sa voix venait à peine de descendre d'une octave à une autre.

Quant à Suzel, elle était blonde et rose. Elle avait dix-sept ans et ne détestait point de pêcher à la ligne. Singulière occupation que celle-là, pourtant, et qui vous oblige à lutter d'astuce avec un barbillon. Mais Frantz aimait cela. Ce passe-temps allait à son tempérament. Patient autant qu'on peut l'être, se plaisant à suivre d'un œil un peu rêveur le bouchon de liège qui tremblait au fil de l'eau, il savait attendre, et quand, après une séance de six heures, un modeste barbillon, ayant pitié de lui, consentait enfin à se laisser prendre, il était heureux mais il savait contenir son émotion.

Ce jour-là, les deux futurs, on pourrait dire les deux fiancés, étaient assis sur la berge verdoyante. Le limpide Vaar murmurait à quelques pieds au-dessous d'eux. Suzel poussait nonchalamment son aiguille à travers le canevas. Frantz ramenait automatiquement sa ligne de gauche à droite, puis il la laissait redescendre le courant de droite à gauche. Les barbillons faisaient dans l'eau des ronds capricieux qui s'entrecroisaient autour du bouchon, tandis que l'hameçon se promenait à vide dans les couches plus basses.

De temps à autre :

– Je crois que ça mord, Suzel, disait Frantz, sans aucunement lever les yeux sur la jeune Fille.

– Le croyez-vous, Frantz ? répondait Suzel, qui, abandonnant un instant son ouvrage, suivait d'un œil ému la ligne de son fiancé.

– Mais non, reprenait Frantz. J'avais cru sentir un petit mouvement. Je me suis trompé.

– Ça mordra, Frantz, répondait Suzel de sa voix pure et douce. Mais n'oubliez pas de « ferrer » à temps. Vous êtes toujours en retard de quelques secondes, et le barbillon en profite pour s'échapper.

– Voulez-vous prendre ma ligne, Suzel ?

– Volontiers, Frantz.

– Alors donnez-moi votre canevas. Nous verrons si je serai plus adroit à l'aiguille qu'à l'hameçon.

Et la jeune fille prenait la ligne d'une main, tremblante, et le jeune homme faisait courir l'aiguille à travers les mailles de la tapisserie. Et pendant des heures ils échangeaient ainsi de douces paroles, et leurs cœurs palpitaient lorsque le liège frémissait sur l'eau. Ah ! puissent-ils ne jamais oublier ces heures charmantes, pendant lesquelles, assis l'un près de l'autre, ils écoutaient le murmure de la rivière !

Ce jour-là, le soleil était déjà très abaissé sur l'horizon, et, malgré les talents combinés de Suzel et de Frantz, « ça n'avait pas mordu ». Les bar-billons ne s'étaient point montrés compatissants, et ils riaient des jeunes gens qui étaient trop justes pour leur en vouloir.

– Nous serons plus heureux une autre fois. Frantz, dit Suzel, quand le jeune pêcheur repiqua son hameçon toujours vierge sur sa planchette de sapin.

– Il faut l'espérer, Suzel, répondit Frantz.

Puis, tous deux, marchant l'un près de l'autre, reprirent le chemin de la maison, sans échanger une parole, aussi muets que leurs ombres, qui s'al-longeaient devant eux. Suzel se voyait grande, grande, sous les rayons obliques du soleil cou-chant. Frantz paraissait maigre, maigre, comme la longue ligne qu'il tenait à la main.

On arriva à la maison du bourgmestre. De vertes touffes d'herbe encadraient les pavés lui-sants, et on se fût bien gardé de les arracher, car elles capitonnaient la rue et assourdissaient le bruit des pas.

Au moment où la porte allait s'ouvrir, Frantz crut devoir dire à sa fiancée :

– Vous savez, Suzel, le grand jour approche.

– Il approche, en effet, Frantz ! répondit la jeune fille en abaissant ses longues paupières

– Oui, dit Frantz, dans cinq ou six ans…

– Au revoir, Frantz, dit Suzel.

– Au revoir, Suzel, répondit Frantz.

Et, après que la porte se fut refermée, le jeune homme reprit d'un pas égal et tranquille le chemin de la maison du conseiller Niklausse.

VII

Où les andante deviennent des allegro,
et les allegro des vivace.

L'émotion causée par l'incident de l'avocat Schut et du médecin Custos s'était apaisée.

L'affaire n'avait pas eu de suite. On pouvait donc espérer que Quiquendone rentrerait dans son apathie habituelle, qu'un événement inexplicable avait momentanément troublée.

Cependant, le tuyautage destiné à conduire le gaz oxy-hydrique dans les principaux édifices de la ville s'opérait rapidement. Les conduites et les branchements se glissaient peu à peu sous le pavé de Quiquendone. Mais les becs manquaient encore, car leur exécution étant très délicate, il avait fallu les faire fabriquer à l'étranger. Le docteur Ox se multipliait ; son préparateur Ygène et lui ne perdaient pas un instant, pressant les ouvriers, parachevant les délicats organes du gazomètre, alimentant jour et nuit les gigantesques piles qui décomposaient l'eau sous l'influence d'un puissant courant électrique. Oui ! le docteur fabriquait déjà son gaz, bien que la canalisation ne fût pas encore terminée ; ce qui, entre nous, aurait dû paraître assez singulier. Mais avant peu, – du moins on était fondé à l'espérer, – avant peu, au théâtre de la ville, le docteur Ox inaugurerait les splendeurs de son nouvel éclairage.

Car Quiquendone possédait un théâtre, bel édifice, ma foi, dont la disposition intérieure et extérieure rappelait tous les styles. Il était à la fois byzantin, roman, gothique, Renaissance, avec des portes en plein cintre, des fenêtres ogivales, des rosaces flamboyantes, des clochetons fantaisistes, en un mot, un spécimen de tous les genres, moitié Parthénon, moitié Grand Café parisien, ce qui ne saurait étonner, puisque, commencé sous le bourgmestre Ludwig van Tricasse, en 1175, il ne fut achevé qu'en 1837, sous le bourgmestre Natalis van Tricasse. On avait mis sept cents ans à le construire, et il s'était successivement conformé à la mode architecturale de toutes les époques. N'importe ! c'était un bel édifice, dont les piliers romans et les voûtes byzantines ne jureraient pas trop avec l'éclairage au gaz oxy-hydrique.

On jouait un peu de tout au théâtre de

Quiquendone, et surtout l'opéra et l'opéra-comique. Mais il faut dire que les compositeurs n'eussent jamais pu reconnaître leurs œuvres, tant les *mouvements* en étaient changés.

En effet, comme rien ne se faisait vite à Quiquendone, les œuvres dramatiques avaient dû s'approprier au tempérament des Quiquendoniens. Bien que les portes du théâtre s'ouvrissent habituellement à quatre heures et se fermassent à dix, il était sans exemple que, pendant ces six heures, on eût joué plus de deux actes. *Robert le Diable*, *Les Huguenots*, ou *Guillaume Tell*, occupaient ordinairement trois soirées, tant l'exécution de ces chef-d'œuvre était lente. Les *vivace*, au théâtre de Quiquendone, flânaient comme de véritables *adagio*. Les *allegro* se traînaient longuement, longuement. Les quadruples croches ne valaient pas des rondes ordinaires en tout autre pays. Les roulades les plus rapides, exécutées au goût des Quiquendoniens, avaient les allures d'un hymne de plain-chant. Les trilles nonchalants s'alanguissaient, se compassaient, afin de ne pas blesser les oreilles des *dilettanti*. Pour tout dire par un exemple, l'air rapide de *Figaro*, à son entrée au premier acte du *Barbier de Séville*, se battait au numéro 33 du métronome et durait cinquante-huit minutes, – quand l'acteur était un brûleur de planches.

On le pense bien, les artistes venus du dehors avaient dû se conformer à cette mode ; mais comme on les payait bien, ils ne se plaignaient pas, et ils obéissaient fidèlement à l'archet du chef d'orchestre, qui, dans les *allegro*, ne battait jamais plus de huit mesures à la minute.

Mais aussi, quels applaudissements accueillaient ces artistes qui enchantaient, sans jamais les fatiguer, les spectateurs de Quiquendone ! Toutes les mains frappaient l'une dans l'autre à des intervalles assez éloignés, ce que les comptes rendus des journaux traduisaient, par *applaudissements frénétiques* ; et une ou deux fois même, si la salle étonnée ne croula pas sous les bravos, c'est que, au XIIe siècle, on n'épargnait dans les fondations ni le ciment ni la pierre.

D'ailleurs, pour ne point exalter ces enthousiastes natures de Flamands, le théâtre ne jouait qu'une fois par semaine, ce qui permettait aux acteurs de creuser plus profondément leurs rôles et aux spectateurs de digérer plus longuement les beautés des chefs-d'œuvre de l'art dramatique.

Or, depuis longtemps les choses marchaient ainsi. Les artistes étrangers avaient l'habitude de contracter un engagement avec le directeur de Quiquendone, lorsqu'ils voulaient se reposer de leurs fatigues sur d'autres scènes, et il ne semblait pas que rien dût modifier ces coutumes invétérées, quand, quinze jours après l'affaire Schut-Custos, un incident inattendu vint jeter a nouveau le trouble dans les populations.

C'était un samedi, jour d'opéra. Il ne s'agissait pas encore, comme on pourrait le croire, d'inaugurer le nouvel éclairage. Non ; les tuyaux aboutissaient bien dans la salle, mais, pour le motif indiqué plus haut, les becs n'avaient pas encore été posés, et les bougies du lustre projetaient toujours leur douce clarté sur les nombreux spectateurs qui encombraient le théâtre. On avait ouvert les portes au public à une heure après midi, et à quatre heures la salle était à moitié pleine. Il y avait eu un moment une queue qui se développait jusqu'à l'extrémité de la place Saint-Ernuph, devant la boutique du pharmacien Josse Liefrinck. Cet empressement faisait pressentir une belle représentation.

–Vous irez ce soir au théâtre ? avait dit le matin même le conseiller au bourgmestre.

– Je n'y manquerai pas, avait répondu van Tricasse, et j'y conduirai Mme van Tricasse, ainsi que notre fille Suzel et notre chère Tatanémance, qui raffolent de la belle musique.

– Mlle Suzel viendra ? demanda le conseiller.

– Sans doute, Niklausse.

– Alors, mon fils Frantz sera un des premiers à faire queue, répondit Niklausse.

– Un garçon ardent, Niklausse, répondit docto-ralement le bourgmestre, une tête chaude ! Il faut surveiller ce jeune homme.

– Il aime, van Tricasse, il aime votre charmante Suzel.

– Eh bien ! Niklausse, il l'épousera. Du moment que nous sommes convenus de faire ce mariage, que peut-il demander de plus ?

– Il ne demande rien, van Tricasse, il ne demande rien, ce cher enfant ! Mais enfin – et je ne veux pas en dire davantage – il ne sera pas le dernier à prendre son billet au bureau !

– Ah ! vive et ardente jeunesse ! répliqua le bourgmestre, souriant à son passé. Nous avons été ainsi, mon digne conseiller ! Nous avons aimé, nous aussi ! Nous avons fait queue en notre temps ! A ce soir donc, à ce soir ! A propos, savez-vous que c'est un grand artiste, ce Fioravanti ! Aussi, quel accueil on lui a fait dans nos murs ! il n'oubliera pas de longtemps les applaudissements de Quiquendone.

Il s'agissait, en effet, du célèbre ténor Fioravanti, qui, par son talent de virtuose, sa méthode parfaite, sa voix sympathique, provo-quait chez les amateurs de la ville un véritable enthousiasme.

Depuis trois semaines, Fioravanti avait obtenu des succès immenses dans les Huguenots.

Le premier acte, interprété au goût des Quiquendoniens, avait rempli une soirée tout entière de la première semaine du mois. Une autre soirée de la seconde semaine, allongée par des *andante* infinis, avait valu au célèbre chanteur une véritable ovation. Le succès s'était encore accru avec le troisième acte du chef-d'œuvre de Meyerbeer. Mais c'est au quatrième acte qu'on attendait Fioravanti, et ce quatrième acte, c'est ce soir-là même qu'il allait être joué devant un public impatient. Ah! ce duo de Raoul et de Valentine, cet hymne d'amour à deux voix, largement soupiré, cette strette où se multiplient les *crescendo*, les *stringendo*, les *pressez un peu*, les *più crescendo*, tout cela chanté lentement, compendieusement, interminablement! Ah! quel charme!

Aussi, à quatre heures, la salle était pleine. Les loges, l'orchestre, le parterre regorgeaient. Aux avant-scènes s'étalaient le bourgmestre van Tricasse, Mlle van Tricasse, Mme van Tricasse et l'aimable Tatanémance en bonnet vert-pomme; puis, non, loin, le conseiller Niklausse et sa famille, sans oublier l'amoureux Frantz. On voyait aussi les familles du médecin Custos, de l'avocat Schut, d'Honoré Syntax, le grand juge, et Soutman (Norbert), le directeur de la compagnie d'assurances, et le gros banquier Collaert, fou de musique allemande, un peu virtuose lui-même, et le percepteur Rupp, et le directeur de l'Académie, Jérôme Resh, et le commissaire civil, et tant d'autres notabilités de la ville qu'on ne saurait les énumérer ici sans abuser de la patience du lecteur.

Ordinairement, en attendant le lever du rideau, les Quiquendoniens avaient l'habitude de se tenir silencieux, les uns lisant leur journal, les autres échangeant quelques mots à voix basse, ceux-ci gagnant leur place sans bruit et sans hâte, ceux-là jetant un regard à demi éteint vers les beautés aimables qui garnissaient les galeries.

Mais ce soir-là, un observateur eût constaté que, même avant le lever du rideau, une animation inaccoutumée régnait dans la salle. On voyait remuer des gens qui ne remuaient jamais. Les éventails des dames s'agitaient avec une rapidité anormale. Un air plus vivace semblait avoir envahi toutes ces poitrines. On respirait plus largement. Quelques regards brillaient, et, s'il faut le dire, presque à l'égal des flammes du lustre, qui semblaient jeter sur la salle un éclat inaccoutumé. Vraiment, on y voyait plus clair que d'habitude, bien que l'éclairage n'eût point été augmenté. Ah ! si les appareils nouveaux du docteur Ox eussent fonctionné ! mais ils ne fonctionnaient pas encore,

Enfin, l'orchestre est à son poste, au grand complet. Le premier violon a passé entre les pupitres pour donner un *la* modeste à ses collègues.

Les instruments à corde, les instruments à vent, les instruments à percussion, sont d'accord. Le chef d'orchestre n'attend plus que le coup de sonnette pour battre la première mesure.

La sonnette retentit. Le quatrième acte commence. L'*allegro appassionato* de l'entr'acte est joué suivant l'habitude, avec une lenteur majestueuse, qui eût fait bondir l'illustre Meyerbeer, et dont les *dilettanti* Quiquendoniens apprécient toute la majesté.

Mais bientôt, le chef d'orchestre ne se sent plus maître de ses exécutants. Il a quelque peine à les retenir, eux si obéissants, si calmes d'ordinaire. Les instruments à vent ont une tendance à presser les mouvements, et il faut les refréner d'une main ferme, car ils prendraient l'avance sur les instruments à cordes ; ce qui, au point de vue harmonique, produirait un effet regrettable. Le basson lui-même, le fils du pharmacien Josse Liefrinck, un jeune homme si bien élevé, tend à s'emporter.

Cependant Valentine a commencé son récitatif :

Je suis seule chez moi...

mais elle presse. Le chef d'orchestre et tous ses musiciens la suivent – peut-être à leur insu – dans son *cantabile*, qui devrait être battu largement, comme un *douze-huit* qu'il est. Lorsque Raoul paraît à la porte du fond, entre le moment où Valentine va à lui et le moment où elle le cache dans la chambre *à côté*, il ne se passe pas un quart d'heure, tandis qu'autrefois, selon la tradition du théâtre de Quiquendone, ce récitatif de trente-sept mesures durait juste trente-sept minutes.

Saint-Bris, Nevers, Cavannes et les seigneurs catholiques sont entrés en scène, un peu précipitamment peut-être. *Allegro pomposo* a marqué le compositeur sur la partition. L'orchestre et les seigneurs vont bien *allegro*, mais pas *pomposo* du tout, et au morceau d'ensemble, dans cette page magistrale de la conjuration et de la bénédiction des poignards, on ne modère plus l'*allegro* réglementaire. Chanteurs et musiciens s'échappent fougueusement. Le chef d'orchestre ne songe plus à les retenir. D'ailleurs le public ne réclame pas, au contraire ; on sent qu'il est entraîné lui-même, qu'il est dans le mouvement, et que ce mouvement répond aux aspirations de son âme :

Des troubles renaissants et d'une guerre impie,
Voulez-vous, comme moi, délivrer le pays ?

On promet, on jure. C'est à peine si Nevers a le temps de protester et de chanter que « parmi ses aïeux, il compte des soldats et pas un assassin. » On l'arrête. Les quarteniers et les échevins accourent et jurent rapidement « de frapper tous à la fois ». Saint-Bris enlève comme un véritable *deux-quatre* de barrière le récitatif qui appelle les catholiques à la vengeance. Les trois moines, portant des corbeilles avec des écharpes blanches, se précipitent par la porte du fond de l'appartement de Nevers, sans tenir compte de la mise en scène, qui leur recommande de s'avancer lentement. Déjà tous les assistants ont tiré leur épée et leur poignard, que les trois moines bénissent en un tour de main. Les soprani, les ténors, les basses, attaquent avec des cris de rage l'*allegro furioso*, et, d'un *six-huit* dramatique, ils font un *six-huit* de quadrille. Puis, ils sortent en hurlant :

A minuit,
Point de bruit !
Dieu le veut !
Oui,
A minuit.

En ce moment, le public est debout. On s'agite dans les loges, au parterre, aux galeries. Il semble que tous les spectateurs vont s'élancer sur la scène, le bourgmestre van Tricasse en tête, afin de s'unir aux conjurés et d'anéantir les huguenots, dont, d'ailleurs, ils partagent les opinions religieuses. On applaudit, on rappelle, on acclame ! Tatanémance

agite d'une main fébrile son bonnet vert-pomme.
Les lampes de la salle jettent un éclat ardent...

Raoul, au lieu de soulever lentement la drape-
rie, la déchire par un geste superbe et se trouve
face à face avec Valentine.

Enfin ! c'est le grand duo, et il est mené *allegro
vivace*. Raoul n'attend pas les demandes de
Valentine et Valentine n'attend pas les réponses
de Raoul. Le passage adorable :

*Le danger presse
Et le temps vole...*

devient un de ces rapides *deux-quatre* qui ont fait
la renommée d'Offenbach, lorsqu'il fait danser
des conjurés quelconques. L'*andante amoroso* :

*Tu l'as dit !
Oui, tu m'aimes !*

n'est plus qu'un *vivace furioso*, et le violoncelle de
l'orchestre ne se préoccupe plus d'imiter les
inflexions de la voix du chanteur, comme il est
indiqué dans la partition du maître. En vain Raoul
s'écrie :

*Parle encore et prolonge
De mon cœur l'ineffable sommeil !*

Valentine ne peut pas prolonger ! On sent qu'un feu inaccoutumé la dévore. Ses *si* et ses *ut*, au-dessus de la portée, ont un éclat effrayant. Il se démène, il gesticule, il est embrasé.

On entend le beffroi ; la cloche résonne ; mais quelle cloche haletante ! Le sonneur qui la sonne ne se possède évidemment plus. C'est un tocsin épouvantable, qui lutte de violence avec les fureurs de l'orchestre.

Enfin la *strette* qui va terminer cet acte magnifique :

Plus d'amour, plus d'ivresse,
Ô remords qui m'oppresse !

que le compositeur indique *allegro con moto*, s'emporte dans un *prestissimo* déchaîné. On dirait un train express qui passe. Le beffroi reprend. Valentine tombe évanouie. Raoul se précipite par la fenêtre !...

Il était temps. L'orchestre, véritablement ivre, n'aurait pu continuer. Le bâton du chef n'est plus qu'un morceau brisé sur le pupitre du souffleur ! Les cordes des violons sont rompues et les manches tordus ! Dans sa fureur, le timbalier a crevé ses timbales ! Le contre-bassiste est juché sur le haut de son édifice sonore ! La première clarinette a avalé l'anche de son instrument, et le second hautbois mâche entre ses dents ses languettes de roseau ! La coulisse du trombone est faussée, et enfin, le malheureux corniste ne peut plus retirer sa main, qu'il a trop profondément enfoncée dans le pavillon de son cor !

Et le public ! le public, haletant, enflammé, gesticule, hurle. Toutes les figures sont rouges comme si un incendie eût embrasé ces corps à l'intérieur ! On se bourre, on se presse pour sortir, les hommes sans chapeau, les femmes sans manteau ! On se bouscule dans les couloirs, on s'écrase aux portes, on se dispute, on se bat ! Plus d'autorités ! plus de bourgmestre ! Tous égaux devant une surexcitation infernale...

Et, quelques instants après, lorsque chacun est dans la rue, chacun reprend son calme habituel et rentre paisiblement dans sa maison, avec le souvenir confus de ce qu'il a ressenti.

Le quatrième acte des Huguenots, qui durait autrefois six heures d'horloge, commencé, ce soir-là, à quatre heures et demie, était terminé à cinq heures moins douze.

Il avait duré dix-huit minutes !

VIII

*Où l'antique et solennelle valse allemande
se change en tourbillon.*

Mais si les spectateurs, après avoir quitté le théâtre, reprirent leur calme habituel, s'ils regagnèrent paisiblement leur logis en ne conservant qu'une sorte d'hébétement passager, ils n'en avaient pas moins subi une extraordinaire exaltation, et, anéantis, brisés, comme s'ils eussent commis quelque excès de table, ils tombèrent lourdement dans leurs lits.

Or, le lendemain, chacun eut comme un ressouvenir de ce qui s'était passé la veille. En effet, à l'un manquait son chapeau, perdu dans la bagarre, à l'autre un pan de son habit, déchiré dans la mêlée ; à celle-ci, son fin soulier de prunelle, à celle-là sa mante des grands jours. La mémoire revint à ces honnêtes bourgeois, et, avec la mémoire, une certaine honte de leur inqualifiable effervescence. Cela leur apparaissait comme une orgie dont ils auraient été les héros inconscients ! Ils n'en parlaient pas ; ils ne voulaient plus y penser.

Mais le personnage le plus abasourdi de la ville, ce fut encore le bourgmestre van Tricasse. Le lendemain matin, en se réveillant, il ne put retrouver sa perruque. Lotchè avait cherché partout. Rien. La perruque était restée sur le champ de bataille. Quant à la faire réclamer par Jean Mistrol, le trompette assermenté de la ville, non. Mieux valait faire le sacrifice de ce postiche que de s'afficher ainsi, quand on avait l'honneur d'être le premier magistrat de la cité.

Le digne van Tricasse songeait ainsi, étendu sous les couvertures, le corps brisé, la tête lourde, la langue épaisse, la poitrine brûlante. Il n'éprouvait aucune envie de se lever, au contraire, et son cerveau travailla plus dans cette matinée qu'il n'avait travaillé depuis quarante ans peut-être. L'honorable magistrat refaisait dans son esprit tous les incidents de cette inexplicable représentation. Il les rapprochait des faits qui s'étaient dernièrement accomplis à la soirée du docteur Ox. Il cherchait les raisons de cette singulière excitabilité qui, à deux reprises, venait de se déclarer chez ses administrés les plus recommandables.

– Mais que se passe-t-il donc ? se demandait-il

Quel esprit de vertige s'est emparé de ma paisible ville de Quiquendonne ? Est-ce que nous allons devenir fous et faudra-t-il faire de la cité un vaste hôpital ? Car enfin, hier, nous étions tous là, notables, conseillers, juges, avocats, médecins, académiciens, et tous, si mes souvenirs sont fidèles, tous nous avons subi cet accès de folie furieuse ! Mais qu'y avait-il donc dans cette musique infernale ? C'est inexplicable ! Cependant, je n'avais rien mangé, rien bu qui pût produire en moi une telle exaltation ! Non ! hier, à dîner, une tranche de veau trop cuit, quelques cuillerées d'épinards au sucre, des œufs à la neige et deux verres de petite bière coupée d'eau pure, cela ne peut pas monter à la tête ! Non. Il y a quelque chose que je ne puis expliquer, et comme, après tout, je suis responsable des actes de mes administrés, je ferai faire une enquête.

Mais l'enquête, qui fut décidée par le conseil municipal, ne produisit aucun résultat. Si les faits étaient patents, les causes échappèrent à la sagacité des magistrats. D'ailleurs, le calme s'était refait dans les esprits, et, avec le calme, l'oubli des excès. Les journaux de la localité évitèrent même d'en parler, et le compte rendu de la représentation, qui parut dans le *Mémorial* de Quiquendone, ne fit aucune allusion à cet enfièvrement d'une salle tout entière.

Et cependant, si la ville reprit son flegme habituel, si elle redevint, en apparence, flamande comme devant, au fond, on sentait que le caractère et le tempérament de ses habitants se modifiaient peu à peu. On eût vraiment dit avec le médecin Dominique Custos, « qu'il leur poussait des nerfs ».

Expliquons-nous, cependant. Ce changement incontestable et incontesté ne se produisait que dans certaines conditions. Lorsque les Quiquendoniens allaient par les rues de la ville, au grand air, sur les places, le long du Vaar, ils étaient toujours ces bonnes gens froids et méthodiques que l'on connaissait autrefois. De même, quand ils se confinaient dans leurs logis, les uns travaillant de la main, les autres travaillant de la tête, ceux-ci ne faisant rien, ceux-là ne pensant pas davantage. Leur vie privée était silencieuse, inerte, végétative comme jadis. Nulle querelle, nul reproche dans les ménages, nulle accélération des mouvements du cœur, nulle surexcitation de la moelle encéphalique. La moyenne des pulsations restait ce qu'elle était au bon temps, de cinquante à cinquante-deux par minute.

Mais phénomène absolument inexplicable, qui eût mis en défaut la sagacité des plus ingénieux physiologistes de l'époque, si les habitants de Quiquendone ne se modifiaient point dans la vie privée, ils se métamorphosaient visiblement, au contraire, dans la vie commune, à propos de ces relations d'individu à individu qu'elle provoque.

Ainsi, se réunissaient-ils dans un édifice public ? cela « n'allait plus », pour employer l'expression du commissaire Passauf. A la bourse, à l'hôtel de ville, à l'amphithéâtre de l'Académie, aux séances du conseil comme aux réunions des savants, une sorte de revivification se produisait, une surexcitation singulière s'emparait bientôt des assistants. Au bout d'une heure, les rapports étaient déjà aigres. Après deux heures, la discussion dégénérait en dispute. Les têtes s'échauffaient, et on en venait aux personnalités. Au temple même, pendant le prêche, les fidèles ne pouvaient entendre de sang-froid le ministre van Stabel, qui, d'ailleurs, se démenait dans sa chaire et les admonestait plus sévèrement que d'habitude. Enfin cet état de choses amena de nouvelles altercations plus graves, hélas ! que celle du médecin Custos et de l'avocat Schut, et si elles ne nécessitèrent jamais l'intervention de l'autorité, c'est que les querelleurs, rentrés chez eux, y retrouvaient, avec le calme, l'oubli des offenses faites et reçues.

Toutefois, cette particularité n'avait pu frapper des esprits absolument inhabiles à reconnaître ce qui se passait en eux. Un seul personnage de la ville, celui-là même dont le conseil songeait depuis trente ans à supprimer la charge, le commissaire civil, Michel Passauf, avait fait cette remarque que la surexcitation nulle dans les maisons particulières, se révélait promptement dans les édifices publics, et il se demandait, non sans une certaine anxiété, ce qu'il adviendrait si jamais cet éréthisme venait à se propager jusque dans les maisons bourgeoises, et si l'épidémie – c'était le mot qu'il employait – se répandait dans les rues de la ville. Alors, plus d'oubli des injures, plus de calme, plus d'intermittence dans le délire, mais une inflammation permanente qui précipiterait inévitablement les Quiquendoniens les uns contre les autres.

« Alors qu'arriverait-il ? se demandait avec effroi le commissaire Passauf. Comment arrêter ces sauvages fureurs ? Comment enrayer ces tempéraments aiguillonnés ? C'est alors que ma charge ne sera plus une sinécure, et qu'il faudra bien que le conseil en arrive à doubler mes appointements... à moins qu'il ne faille m'arrêter moi-même... pour infraction et manquement à l'ordre public ! »

Or, ces très justes craintes commencèrent à se réaliser. De la bourse, du temple, du théâtre, de la maison commune, de l'Académie, de la halle, le mal fit invasion dans la maison des particuliers, et cela moins de quinze jours après cette terrible représentation des Huguenots.

Ce fut dans la maison du banquier Collaert que se déclarèrent les premiers symptômes de l'épidémie.

Ce riche personnage donnait un bal, ou tout au moins une soirée dansante, aux notabilités de la ville. Il avait émis, quelques mois auparavant, un emprunt de trente mille francs qui avait été aux trois quarts souscrit, et, pour reconnaître ce succès financier, il avait ouvert ses salons et donné une fête à ses compatriotes.

On sait ce que sont ces réceptions flamandes, pures et tranquilles, dont la bière et les sirops font en général tous les frais. Quelques conversations sur le temps qu'il fait, l'apparence des récoltes, le bon état des jardins, l'entretien des fleurs et plus particulièrement des tulipes ; de temps en temps, une danse lente et compassée, comme un menuet ; parfois une valse, mais une de ces valses allemandes qui ne donnent pas plus d'un tour et demi à la minute, et pendant lesquelles les valseurs se tiennent embrassés aussi loin l'un de l'autre que leurs bras le peuvent permettre ; tel est l'ordinaire de ces bals que fréquentait la haute société de Quiquendone. La polka, après avoir été mise à quatre temps, avait bien essayé de s'y acclimater ; mais les danseurs restaient toujours en arrière de l'orchestre, si lentement que fût battue la mesure, et on avait dû y renoncer.

Ces réunions paisibles, dans lesquelles les jeunes

71

gens et les jeunes filles trouvaient un plaisir honnête et modéré, n'avaient jamais amené d'éclat fâcheux. Pourquoi donc, ce soir-là, chez le banquier Collaert, les sirops semblèrent-ils se transformer en vins capiteux, en champagne pétillant, en punchs incendiaires ? Pourquoi, vers le milieu de la fête, une sorte d'ivresse inexplicable gagna-t-elle tous les invités ? Pourquoi le menuet dériva-t-il en salta-relle ? Pourquoi les musiciens de l'orchestre pressè-rent-ils la mesure ? Pourquoi, ainsi qu'au théâtre, les bougies brillèrent-elles d'un éclat inaccoutumé ? Quel courant électrique envahit les salons du banquier ? D'où vint que les couples, se rapprochè-rent, que les mains se pressèrent dans une étreinte plus convulsive, que « des cavaliers seuls » se signa-lèrent par quelques pas hasardés, pendant cette pastourelle autrefois si grave, si solennelle, si majestueuse, si comme il faut !

Hélas ! quel Œdipe aurait pu répondre à toutes ces insolubles questions ? Le commissaire Passauf, présent à la soirée, voyait bien l'orage venir, mais il ne pouvait le dominer, il ne pouvait le fuir, et il sentait comme une ivresse lui, monter au cerveau. Toutes ses facultés physiologiques et passionnelles s'accroissaient. On le vit, à plusieurs reprises, se jeter sur les sucreries et dévaliser les plateaux comme s'il fût sorti d'une longue diète.

Pendant ce temps, l'animation du bal s'augmentait.

Un long murmure, comme un bourdonnement sourd, s'échappait de toutes les poitrines. On dansait, on dansait véritablement. Les pieds s'agitaient avec une frénésie croissante. Les figures s'empourpraient comme des faces de silène. Les yeux brillaient comme des escarboucles. La fermentation générale était portée au plus haut degré.

Et quand l'orchestre entonna la valse du Freyschutz, lorsque cette valse, si allemande et d'un mouvement si lent, fut attaquée à bras déchaînés par les gagistes, ah ! ce ne fut plus une valse, ce fut un tourbillon insensé, une rotation vertigineuse, une giration digne d'être conduite par quelque Méphistophélès, battant la mesure avec un tison ardent ! Puis un galop, un galop infernal, pendant une heure, sans qu'on pût le détourner, sans qu'on pût le suspendre, entraîna dans ses replis à travers les salles, les salons, les antichambres, par les escaliers, de la cave au grenier de l'opulente demeure, les jeunes gens, les jeunes filles, les pères, les mères, les individus de tout âge, de tout poids, de tout sexe, et le gros banquier Collaert, et Mme Collaert, et les conseillers, et les magistrats, et le grand juge, et Niklausse, et Mme van Tricasse, et le bourgmestre van Tricasse, et le commissaire Passauf lui-même, qui ne put jamais se rappeler celle qui fut sa valseuse pendant cette nuit d'ivresse !

Mais « elle » ne l'oublia plus. Et depuis ce jour, « elle » revit dans ses rêves le brûlant commissaire, l'enlaçant dans une étreinte passionnée ! Et « elle », c'était l'aimable Tatanémance !

IX

*Où le docteur Ox et son préparateur Ygène
ne se disent que quelques mots.*

– Eh bien, Ygène ?

– Eh bien, maître, tout est prêt ! La pose des tuyaux est achevée.

– Enfin ! Nous allons maintenant opérer en grand, et sur les masses !

X

*Dans lequel en verra que l'épidémie envahit
la ville entière et quel effet elle produisit.*

Pendant les mois qui suivirent, le mal, au lieu de
se dissiper, ne fit que s'étendre. Des maisons particulières l'épidémie se répandit dans les rues. La
ville de Quiquendone n'était plus reconnaissable.

Phénomène plus extraordinaire encore que
ceux qui avaient été remarqués jusqu'alors, non
seulement le règne animal, mais le règne végétal
lui-même n'échappait point à cette influence.

Suivant le cours ordinaire des choses, les épidé-
mies sont spéciales. Celles qui frappent l'homme
épargnent les animaux, celles qui frappent les animaux épargnent les végétaux. On n'a jamais vu un
cheval attaqué de la variole ni un homme de la
peste bovine, et les moutons n'attrapent pas la
maladie des pommes de terre. Mais ici, toutes les

lois de la nature semblaient bouleversées. Non seulement le caractère, le tempérament, les idées des habitants et habitantes de Quiquendone s'étaient modifiés, mais les animaux domestiques, chiens ou chats, bœufs ou chevaux, ânes ou chèvres, subissaient cette influence épidémique, comme si leur milieu habituel eût été changé. Les plantes elles-mêmes « s'émancipaient », si l'on veut bien nous pardonner cette expression.

En effet, dans les jardins, dans les potagers, dans les vergers, se manifestaient des symptômes extrêmement curieux. Les plantes grimpantes grimpaient avec plus d'audace. Les plantes touffantes « touffaient » avec plus de vigueur. Les arbustes devenaient des arbres. Les graines, à peine semées, montraient leur petite tête verte, et, dans le même laps de temps, elles gagnaient en pouces ce que jadis, et dans les circonstances les plus favorables, elles gagnaient en lignes. Les asperges atteignaient deux pieds de hauteur ; les artichauts devenaient gros comme des melons, les melons gros comme des citrouilles, les citrouilles grosses comme des potirons, les potirons gros comme la cloche du beffroi, qui mesurait, ma foi, neuf pieds de diamètre. Les choux étaient des buissons et les champignons des parapluies.

Les fruits ne tardèrent pas à suivre l'exemple des légumes. Il fallut se mettre à deux pour manger une fraise et à quatre pour manger une poire. Les grappes de raisin égalaient cette grappe phénoménale, si admirablement peinte par le Poussin dans son *Retour des envoyés à la Terre promise* !

De même pour les fleurs : les larges violettes répandaient dans l'air des parfums plus pénétrants ; les roses exagérées resplendissaient de couleurs plus vives ; les lilas formaient en quelques jours d'impénétrables taillis ; géraniums, marguerites, dahlias, camélias, rhododendrons, envahissant les allées, s'étouffaient les uns les autres ! La serpe n'y pouvait suffire. Et les tulipes, ces chères liliacées qui font la joie des Flamands, quelles émotions elles causèrent aux amateurs ! Le digne van Bistrom faillit un jour tomber à la renverse en voyant dans son jardin une simple tulipa gesneriana énorme, monstrueuse, géante, dont le calice servait de nid à toute une famille de rouges-gorges !

La ville entière accourut pour voir cette fleur phénoménale et lui décerna le nom de *tulipa quiquendonia*.

Mais, hélas ! si ces plantes, si ces fruits, si ces fleurs poussaient à vue d'œil, si tous les végétaux affectaient de prendre des proportions colossales, si la vivacité de leurs couleurs et de leur parfum enivrait l'odorat et le regard, en revanche, ils se flétrissaient vite. Cet air qu'ils absorbaient les brûlait rapidement, et ils mouraient bientôt, épuisés, flétris, dévorés.

Tel fut le sort de la fameuse tulipe, qui s'étiola après quelques jours de splendeur !

Il en fut bientôt de même des animaux domestiques, depuis le chien de la maison jusqu'au porc de l'étable, depuis le serin de la cage jusqu'au dindon de la basse-cour.

Il convient de dire que ces animaux, en temps ordinaire, étaient non moins flegmatiques que leurs maîtres. Chiens ou chats végétaient plutôt qu'ils ne vivaient. Jamais un frémissement de plaisir, jamais un mouvement de colère. Les queues ne remuaient pas plus que si elles eussent été de bronze. On ne citait, depuis un temps immémorial, ni un coup de dent ni un coup de griffe. Quant aux chiens enragés, on les regardait comme des bêtes imaginaires, à ranger avec les griffons et autres dans la ménagerie de l'Apocalypse.

Mais, pendant ces quelques mois, dont nous cherchons à reproduire les moindres incidents, quel changement ! Chiens et chats commencèrent à montrer les dents et les griffes. Il y eut quelques exécutions à la suite d'attaques réitérées. On vit pour la première fois un cheval prendre le mors aux dents et s'emporter dans les rues de Quiquendone, un bœuf se précipiter, cornes baissées, sur un de ses congénères, un âne se renverser, les jambes en l'air, sur la place Saint-Ernuph et pousser des braiments qui n'avaient plus rien « d'animal », un mouton, un mouton lui-même, défendre vaillamment contre le couteau du boucher les côtelettes qu'il portait en lui !

Le bourgmestre van Tricasse fut contraint de rendre des arrêtés de police concernant les animaux domestiques qui, pris de folie, rendaient peu sûres les rues de Quiquendone.

Mais, hélas ! si les animaux étaient fous, les hommes n'étaient plus sages. Aucun âge ne fut épargné par le fléau.

Les bébés devinrent très promptement insupportables, eux jusque-là si faciles à élever, et, pour la première fois, le grand-juge Honoré Syntax dut appliquer le fouet à sa jeune progéniture.

Au collège, il y eut comme une émeute et les dictionnaires tracèrent de déplorables trajectoires dans les classes. On ne pouvait plus tenir les élèves renfermés, et, d'ailleurs, la surexcitation gagnait jusqu'aux professeurs eux-mêmes, qui les accablaient de pensums extravagants.

Autre phénomène ! Tous ces Quiquendoniens, si sobres jusqu'alors, et qui faisaient des crèmes fouettées leur alimentation principale, commettaient de véritables excès de nourriture et de boisson. Leur régime ordinaire ne suffisait plus. Chaque estomac se transformait en gouffre, et ce gouffre, il fallait bien le combler par les moyens les plus énergiques. La consommation de la ville fut triplée. Au lieu de deux repas, on en faisait six. On signala de nombreuses indigestions. Le conseiller Niklausse ne pouvait assouvir sa faim. Le bourgmestre van Tricasse ne pouvait combler sa soif, et il ne sortait plus d'une sorte de demi-ébriété rageuse.

Enfin les symptômes les plus alarmants se manifestèrent et se multiplièrent de jour en jour.

On rencontra des gens ivres, et, parmi ces gens ivres, souvent des notables.

Les gastralgies donnèrent une occupation énorme au médecin Dominique Custos, ainsi que les névrites et les névrophlogoses, ce qui prouvait bien à quel degré d'irritabilité étaient étrangement montés les nerfs de la population.

Il y eut des querelles, des altercations quotidiennes dans les rues autrefois si désertes de Quiquendone, aujourd'hui si fréquentées, car personne ne pouvait plus rester chez soi.

Il fallut créer une police nouvelle pour contenir les perturbateurs de l'ordre public.

Un violon fut installé dans la maison commune, et il se peupla jour et nuit de récalcitrants. Le commissaire Passauf était sur les dents.

Un mariage fut conclu en moins de deux mois,

– ce qui ne s'était jamais vu. Oui ! le fils du percepteur Rupp épousa la fille de la belle Augustine de Rovere, et cela cinquante-sept jours seulement après avoir fait la demande de sa main !

D'autres mariages furent décidés qui, en d'autres temps, fussent restés à l'état de projet pendant des années entières. Le bourgmestre n'en revenait pas, et il sentait sa fille, la charmante Suzel, lui échapper des mains.

Quant à la chère Tatanémance, elle avait osé pressentir le commissaire Passauf, au sujet d'une union qui lui semblait réunir tous les éléments de bonheur, fortune, honorabilité, jeunesse !…

Enfin – pour comble d'abomination – un duel eut lieu ! Oui, un duel au pistolet, aux pistolets d'arçons, à soixante-quinze pas, à balles libres ! Et entre qui ? Nos lecteurs ne voudront pas le croire.

Entre M. Frantz Niklausse, le doux pêcheur à la ligne, et le fils de l'opulent banquier, le jeune Simon Collaert.

Et la cause de ce duel, c'était la propre fille du bourgmestre, pour laquelle Simon se sentait féru d'amour, et qu'il ne voulait pas céder aux prétentions d'un audacieux rival !

XI

*Où les Quiquendoniens
prennent une résolution héroïque.*

On voit dans quel état déplorable se trouvait la
population de Quiquendone. Les têtes fermen-
taient. On ne se connaissait et on ne se reconnais-
sait plus. Les gens les plus pacifiques étaient
devenus querelleurs. Il ne fallait pas les regarder
de travers, ils eussent vite fait de vous envoyer
des témoins. Quelques-uns laissèrent pousser
leurs moustaches, et certains – des plus batailleurs
– les relevèrent en croc.

Dans ces conditions, l'administration de la cité, le
maintien de l'ordre dans les rues et dans les édifices
publics devenaient fort difficiles, car les services
n'avaient point été organisés pour un tel état de
choses. Le bourgmestre, – ce digne van Tricasse
que nous avons connu si doux, si éteint, si incapable

de prendre une décision quelconque, – le bourgmestre ne décolérait plus. Sa maison retentissait
des éclats de sa voix. Il rendait vingt arrêtés par
jour, gourmandant ses agents, et prêt à faire exécuter lui-même les actes de son administration.

Ah! quel changement! Aimable et tranquille
maison du bourgmestre, bonne habitation flamande, où était son calme d'autrefois? Quelles
scènes de ménage s'y succédaient maintenant!
Mme van Tricasse était devenue acariâtre,
quinteuse, gourmandeuse. Son mari parvenait
peut-être à couvrir sa voix en criant plus haut
qu'elle, mais non à la faire taire. L'humeur iras-
cible de cette brave dame s'en prenait à tout. Rien
n'allait! Le service ne se faisait pas. Des retards
pour toutes choses! Elle accusait Lotchè, et même
Tatanémance, sa belle-sœur, qui, de non moins
mauvaise humeur, lui répondait aigrement.
Naturellement, M. van Tricasse soutenait sa
domestique, Lotchè, ainsi que cela se voit dans les
meilleurs ménages. De là, exaspération permanente de Mme la Bourgmestre, objurgations, discussions, disputes, scènes qui n'en finissaient plus.

– Mais qu'est-ce que nous avons? s'écriait le
malheureux bourgmestre. Mais quel est ce feu qui
nous dévore? Mais nous sommes donc possédés
du diable? Ah! Madame van Tricasse, madame
van Tricasse! Vous finirez par me faire mourir

avant vous et manquer ainsi à toutes les traditions de la famille !

Car le lecteur ne peut avoir oublié cette particularité assez bizarre, que M. van Tricasse devait devenir veuf et se remarier, pour ne point rompre la chaîne des convenances.

Cependant cette disposition des esprits produisit encore d'autres effets assez curieux et qu'il importe de signaler. Cette surexcitation, dont la cause nous échappe jusqu'ici, amena des régénérescences physiologiques, auxquelles on ne se serait pas attendu. Des talents, qui seraient restés ignorés, sortirent de la foule. Des aptitudes se révélèrent. Des artistes, jusque-là médiocres, se montrèrent sous un jour nouveau. Des hommes apparurent dans la politique aussi bien que dans les lettres. Des orateurs se formèrent aux discussions les plus ardues, et sur toutes les questions ils enflammèrent un auditoire parfaitement disposé à l'inflammation. Des séances du conseil, le mouvement passa dans les réunions publiques, et un club se fonda à Quiquendone, pendant que vingt journaux, le *Guetteur* de Quiquendone, l'*Impartial* de Quiquendone, le *Radical* de Quiquendone, l'*Outrancier* de Quiquendone, écrits avec rage, soulevaient les questions sociales les plus graves.

Mais à quel propos ? se demandera-t-on. A propos de tout et de rien ; à propos de la tour d'Audenarde qui penchait, que les uns voulaient abattre et que les autres voulaient redresser ; à propos des arrêtés de police que rendait le conseil, auxquels de mauvaises têtes tentaient de résister ; à propos du balayage des ruisseaux et du curage des égouts, etc. Et encore si les fougueux orateurs ne s'en étaient pris qu'à l'administration intérieure de la cité ! Mais non, emportés par le courant, ils devaient aller au-delà, et, si la Providence n'intervenait pas, entraîner, pousser, précipiter leurs semblables dans les hasards de la guerre.

En effet, depuis huit ou neuf cents ans, Quiquendone avait dans son sac un *casus belli* de la plus belle qualité ; mais elle le gardait précieusement, comme une relique, et il semblait avoir quelques chances de s'éventer et de ne plus pouvoir servir.

Voici à quel propos s'était produit ce *casus belli*.

On ne sait généralement pas que Quiquendone est voisine, en ce bon coin de la Flandre, de la petite ville de Virgamen. Les territoires de ces deux communes confinent l'un à l'autre.

Or, en 1135, quelque temps avant le départ du comte Baudouin pour la croisade, une vache de Virgamen – non point la vache d'un habitant mais bien une vache communale, qu'on y fasse bien attention – vint pâturer sur le territoire de Quiquendone. C'est à peine si cette malheureuse ruminante tondit du pré trois fois la largeur de sa langue, mais le délit, l'abus, le crime, comme on voudra, fut commis et dûment constaté par procès-verbal du temps, car, à cette époque, les magistrats commençaient à savoir écrire.

– Nous nous vengerons quand le moment en sera venu, dit simplement Natalis van Tricasse, le trente-deuxième prédécesseur du bourgmestre actuel, et les Virgamenois ne perdront rien pour attendre !

Les Virgamenois étaient prévenus. Ils attendirent, pensant, non sans raison, que le souvenir de l'injure s'affaiblirait avec le temps ; et en effet, pendant plusieurs siècles, ils vécurent en bons termes avec leurs semblables de Quiquendone.

Mais ils comptaient sans leurs hôtes, ou plutôt sans cette épidémie étrange, qui, changeant radicalement le caractère de leurs voisins, réveilla dans ces cœurs la vengeance endormie.

Ce fut au club de la rue Monstrelet que le bouillant avocat Schut, jetant brusquement la question à la face de ses auditeurs, les passionna en employant les expressions et les métaphores qui sont d'usage en ces circonstances. Il rappela le délit, il rappela le tort commis à la commune de Quiquendone, et pour lequel une nation « jalouse de ses droits » ne pouvait admettre de prescription ; il montra l'injure toujours vivante, la plaie toujours saignante ; il parla de certains hochements de tête particuliers aux habitants de Virgamen, et qui indiquaient en quel mépris ils tenaient les habitants de Quiquendone ; il supplia ses compatriotes, qui, « inconsciemment » peut-être, avaient supporté pendant de longs siècles cette mortelle injure ; il adjura « les enfants de la vieille cité » de ne plus avoir d'autre « objectif » que d'obtenir une réparation éclatante ! Enfin, il fit un appel à « toutes les forces vives » de la nation !

Avec quel enthousiasme ces paroles, si nouvelles pour des oreilles quiquendoniennes, furent accueillies, cela se sent, mais ne peut se dire. Tous les auditeurs s'étaient levés, et, les bras tendus, ils demandaient la guerre à grands cris. Jamais l'avocat Schut n'avait eu un tel succès, et il faut avouer qu'il avait été très beau.

Le bourgmestre, le conseiller, tous les notables qui assistaient à cette mémorable séance, auraient inutilement voulu résister l'élan populaire. D'ailleurs, ils n'en avaient aucune envie, et sinon plus, du moins aussi haut que les autres, ils criaient :

– A la frontière ! A la frontière !

Or, comme la frontière n'était qu'à trois kilomètres des murs de Quiquendone, il est certain que les Virgamenois couraient un véritable danger, car ils pouvaient être envahis avant d'avoir eu le temps de se reconnaître.

Cependant l'honorable pharmacien Josse

Lierinck, qui avait seul conservé son bon sens dans cette grave circonstance, voulut faire comprendre que l'on manquait de fusils, de canons et de généraux.

Il lui fut répondu, non sans quelques horions, que ces généraux, ces canons, ces fusils, on les improviserait ; que le bon droit et l'amour du pays suffisaient et rendaient un peuple irrésistible.

Là-dessus, le bourgmestre prit lui-même la parole, et, dans une improvisation sublime, il fit justice de ces gens pusillanimes, qui déguisent la peur sous le voile de la prudence, et ce voile, il le déchira d'une main patriote.

On aurait pu croire à ce moment que la salle allait crouler sous les applaudissements.

On demanda le vote.

Le vote se fit par acclamations, et les cris redoublèrent :

– A Virgamen ! A Virgamen !

Le bourgmestre s'engagea alors à mettre les armées en mouvement, et, au nom de la cité, il promit à celui de ses futurs généraux qui reviendrait vainqueur les honneurs du triomphe, comme cela se pratiquait au temps des Romains.

Cependant le pharmacien Josse Liefrinck, qui était un entêté, et qui ne se tenait pas pour battu, bien qu'il l'eût été réellement, voulut encore placer une observation. Il fit remarquer qu'à

Rome le triomphe ne s'accordait aux généraux vainqueurs que lorsqu'ils avaient tué cinq mille hommes à l'ennemi.

– Eh bien! eh bien! s'écria l'assistance en délire.

– ... Et que la population de la commune de Virgamen ne s'élevant qu'à trois mille cinq cent soixante-quinze habitants, il serait difficile, à moins de tuer plusieurs fois la même personne...

Mais on ne laissa pas achever le malheureux logicien, et tout contus, tout moulu, il fut jeté à la porte.

– Citoyens, dit alors Sylvestre Pulmacher, qui vendait communément des épices au détail, citoyens, quoi qu'en ait dit ce lâche apothicaire, je m'engage, moi, à tuer cinq mille Virgamenois, si vous voulez accepter mes services.

– Cinq mille cinq cents! cria un patriote plus résolu.

– Six mille six cents! reprit l'épicier.

– Sept mille! s'écria le confiseur de la rue Hemling, Jean Orbideck, qui était en train de faire sa fortune dans les crèmes fouettées.

– Adjugé! s'écria le bourgmestre van Tricasse, en voyant que personne ne mettait de surenchère.

Et voilà comment le confiseur Jean Orbideck devint général en chef des troupes de Quiquendone.

XII

*Dans lequel le préparateur Ygène émet
un avis raisonnable, qui est repoussé
avec vivacité par le docteur Ox.*

– Eh bien ! maître, disait le lendemain le préparateur Ygène, en versant des seaux d'acide sulfurique
dans l'auge de ses énormes piles.

– Eh bien ! reprit le docteur Ox, n'avais-je pas
raison ? Voyez à quoi tiennent, non seulement les
développements physiques de toute une nation,
mais sa moralité, sa dignité, ses talents, son
sens politique ! Ce n'est qu'une question de
molécules...

– Sans doute, mais...

– Mais ?...

– Ne trouvez-vous pas que les choses sont allées
assez loin, et qu'il ne faudrait pas surexciter ces
pauvres diables outre mesure ?

– Non ! non ! s'écria le docteur, non ! j'irai jusqu'au bout.

– Comme vous voudrez, maître ; toutefois l'expérience me paraît concluante, et je pense qu'il serait temps de…

– De ?…

– De fermer le robinet.

– Par exemple ! s'écria le docteur Ox. Avisez-vous-en, et je vous étrangle !

XIII

*Où il est prouvé une fois de plus que d'un lieu
élevé on domine toutes les petitesses humaines.*

– Vous dites ? demanda le bourgmestre
van Tricasse au conseiller Niklausse.

– Je dis que cette guerre est nécessaire, répondit
le conseiller d'un ton ferme, et que le temps est
venu de venger notre injure.

– Eh bien ! moi, répondit avec aigreur le bourgmestre, je vous répète que, si la population de
Quiquendone ne profitait pas de cette occasion
pour revendiquer ses droits, elle serait indigne de
son nom.

– Et moi, je vous soutiens que nous devons
sans tarder réunir nos cohortes et les porter en
avant.

– Vraiment ! monsieur, vraiment ! répondit van
Tricasse, et c'est à moi que vous parlez ainsi ?

– A vous-même, monsieur le bourgmestre, et vous entendrez la vérité, si dure qu'elle soit.

– Et vous l'entendrez vous-même, monsieur le conseiller, riposta van Tricasse hors de lui, car elle sortira mieux de ma bouche que de la vôtre ! Oui, monsieur, oui, tout retard serait déshonorant. Il y a neuf cents ans que la ville de Quiquendone attend le moment de prendre sa revanche, et quoi que vous puissiez dire, que cela vous convienne ou non, nous marcherons à l'ennemi.

– Ah ! vous le prenez ainsi, répondit vertement le conseiller Niklausse. Eh bien ! monsieur, nous y marcherons sans vous, s'il ne vous plaît pas d'y venir.

– La place d'un bourgmestre est au premier rang, monsieur.

– Et celle d'un conseiller aussi, monsieur.

– Vous m'insultez par vos paroles en contrecarrant toutes mes volontés, s'écria le bourgmestre, dont les poings avaient une tendance à se changer en projectiles percutants.

– Et vous m'insultez également en doutant de mon patriotisme, s'écria Niklausse, qui lui-même s'était mis en batterie.

– Je vous dis, monsieur, que l'armée quiquendonienne se mettra en marche avant deux jours !

– Et je vous répète, moi, monsieur, que quarante-huit heures ne s'écouleront pas avant que nous ayons marché à l'ennemi !

Il est facile d'observer par ce fragment de conversation que les deux interlocuteurs soutenaient exactement la même idée. Tous deux voulaient la bataille ; mais leur surexcitation les portant à disputer, Niklausse n'écoutait pas van Tricasse et van Tricasse n'écoutait pas Niklausse. Ils eussent été d'une opinion contraire sur cette grave question, le bourgmestre aurait voulu la guerre et le conseiller aurait tenu pour la paix, que l'altercation n'aurait pas été plus violente. Ces deux anciens amis se jetaient des regards farouches. Au mouvement accéléré de leur cœur, à leur face rougie, à leurs pupilles contractées, au tremblement de leurs muscles, à leur voix, dans laquelle il y avait du rugissement, on comprenait qu'ils étaient prêts à se jeter l'un sur l'autre.

Mais une grosse horloge qui sonna arrêta heureusement les adversaires au moment où ils allaient en venir aux mains.

– Enfin, voilà l'heure, s'écria le bourgmestre.

– Quelle heure ? demanda le conseiller.

– L'heure d'aller à la tour du beffroi.

– C'est juste, et que cela vous plaise ou non, j'irai, monsieur.

– Moi aussi.

– Sortons !

– Sortons ! !

Ces derniers mots pourraient faire supposer qu'une rencontre allait avoir lieu et que les adversaires se rendaient sur le terrain, mais il n'en était rien. Il avait été convenu que le bourgmestre et le conseiller – en réalité les deux principaux notables de la cité – se rendraient à l'hôtel de ville, que là ils monteraient sur la tour, très élevée, qui le dominait, et qu'ils examineraient la campagne environnante, afin de prendre les meilleures dispositions stratégiques qui pussent assurer la marche de leurs troupes.

Bien qu'ils fussent tous deux d'accord à ce sujet, ils ne cessèrent pendant le trajet de se quereller avec la plus condamnable vivacité. On entendait les éclats de leurs voix retentir dans les rues ; mais tous les passants étant montés à ce diapason, leur exaspération semblait naturelle, et on n'y prenait pas garde. En ces circonstances, un homme calme eût été considéré comme un monstre.

Le bourgmestre et le conseiller, arrivés au porche du beffroi, étaient dans le paroxysme de la fureur. Ils n'étaient plus rouges, mais pâles. Cette effroyable discussion, bien qu'ils fussent d'accord, avait déterminé quelques spasmes dans leurs viscères, et l'on sait que la pâleur prouve que la colère est portée à ses dernières limites.

Au pied de l'étroit escalier de la tour, il y eut une véritable explosion. Qui passerait le premier ? Qui gravirait d'abord les marches de l'escalier en coli-maçon ? La vérité nous oblige à dire qu'il y eut bousculade, et que le conseiller Niklausse, oubliant tout ce qu'il devait à son supérieur, au magistrat suprême de la cité, repoussa violemment van Tricasse et s'élança le premier dans la vis obscure.

Tous deux montèrent, d'abord quatre à quatre, en se lançant à la tête les épithètes les plus mal-sonnantes. C'était à faire craindre qu'un dénoue-ment terrible ne s'accomplît au sommet de cette tour, qui dominait de trois cent cinquante-sept pieds le pavé de la ville.

Mais les deux ennemis s'essoufflèrent bientôt, et, au bout d'une minute, à la quatre-vingtième marche, ils ne montaient plus que lourdement, en respirant à grand bruit.

Mais alors, – fût-ce une conséquence de leur essoufflement ? – si leur colère ne tomba pas, du moins elle ne se traduisit plus par une succession de qualificatifs inconvenants. Ils se taisaient, et, chose bizarre, il semblait que leur exaltation dimi-nuât à mesure qu'ils s'élevaient au-dessus de la ville. Une sorte d'apaisement se faisait dans leur esprit. Les bouillonnements de leur cerveau tom-baient comme ceux d'une cafetière que l'on écarte du feu. Pourquoi ?

A ce pourquoi, nous ne pouvons faire aucune réponse ; mais la vérité est que, arrivés à un certain palier, à deux cent soixante-six pieds au-dessus du niveau de la ville, les deux adversaires s'assirent, et, véritablement plus calmes, ils se regardèrent pour ainsi dire sans colère.

– Que c'est haut! dit le bourgmestre en passant son mouchoir sur sa face rubiconde.

– Très haut! répondit le conseiller. Vous savez que nous dépassons de quatorze pieds Saint-Michel de Hambourg?

– Je le sais, répondit le bourgmestre avec un accent de vanité bien pardonnable à la première autorité de Quiquendone.

Au bout de quelques instants, les deux notables continuaient leur marche ascensionnelle, jetant un regard curieux à travers les meurtrières percées dans la paroi de la tour. Le bourgmestre avait pris la tête de la caravane, sans que le conseiller eût fait la moindre observation. Il arriva même que, vers la trois cent quatrième marche, van Tricasse étant absolument éreinté, Niklausse le poussa complaisamment par les reins. Le bourgmestre se laissa faire, et quand il arriva à la plate-forme de la tour:

– Merci, Niklausse, dit-il gracieusement, je vous revaudrai cela.

Tout à l'heure, c'étaient deux bêtes fauves prêtes à se déchirer qui s'étaient présentées au bas de la tour; c'étaient maintenant deux amis qui arrivaient à son sommet.

Le temps était magnifique. On était au mois de mai. Le soleil avait bu toutes les vapeurs. Quelle atmosphère pure et limpide ! Le regard pouvait saisir les plus minces objets dans un rayon considérable. On apercevait à quelques milles seulement les murs de Virgamen éclatants de blancheur, ses toits rouges, qui pointaient çà et là, ses clochers piquetés de lumière. Et c'était cette ville vouée d'avance à toutes les horreurs du pillage et de l'incendie !

Le bourgmestre et le conseiller s'étaient assis l'un près de l'autre, sur un petit banc de pierre, comme deux braves gens dont les âmes se confondent dans une étroite sympathie. Tout en soufflant, ils regardaient ; puis, après quelques instants de silence :

– Que c'est beau ! s'écria le bourgmestre.

– Oui, c'est admirable ! répondit le conseiller. Est-ce qu'il ne vous semble pas, mon digne van Tricasse, que l'humanité est plutôt destinée à demeurer à de telles hauteurs, qu'à ramper sur l'écorce même de notre sphéroïde ?

– Je pense comme vous, honnête Niklausse, répondit le bourgmestre, je pense comme vous. On saisit mieux le sentiment qui se dégage de la nature ! On l'aspire par tous les sens ! C'est à de telles altitudes que les philosophes devraient se former, et c'est là que les sages devraient vivre au-dessus des misères de ce monde !

– Faisons-nous le tour de la plate-forme ? demanda le conseiller.

– Faisons le tour de la plate-forme, répondit le bourgmestre.

Et les deux amis, appuyés au bras l'un de l'autre, et mettant, comme autrefois, de longues poses entre leurs demandes et leurs réponses, examinèrent tous les points de l'horizon.

– Il y a au moins dix-sept ans que je ne me suis élevé sur la tour du beffroi, dit van Tricasse.

– Je ne crois pas que j'y sois jamais monté, répondit le conseiller Niklausse, et je le regrette, car de cette hauteur le spectacle est sublime ! Voyez-vous, mon ami, cette jolie rivière du Vaar qui serpente entre les arbres ?

– Et plus loin les hauteurs de Saint-Hermandad ! Comme elles ferment gracieusement l'horizon ! Voyez cette bordure d'arbres verts, que la nature a si pittoresquement, disposés ! Ah ! la nature, la nature, Niklausse ! La main de l'homme pourrait-elle jamais lutter avec elle !

– C'est enchanteur, mon excellent ami, répondait le conseiller. Regardez ces troupeaux attablés dans les prairies verdoyantes, ces bœufs, ces vaches, ces moutons...

– Et ces laboureurs qui vont aux champs ! On dirait des bergers de l'Arcadie. Il ne leur manque qu'une musette !

– Et sur toute cette campagne fertile, le beau ciel bleu que ne trouble pas une vapeur! Ah! Niklausse, on deviendrait poète ici! Tenez, je ne comprends pas que Saint-Simon stylite n'ait pas été un des plus grands poëtes du monde.

– C'est peut-être parce que sa colonne n'était pas assez haute! répondit le conseiller avec un doux sourire.

En ce moment, le carillon de Quiquendone se mit en branle. Les cloches limpides jouèrent un de leurs airs les plus mélodieux. Les deux amis demeurèrent en extase.

Puis, de sa voix calme:

– Mais, ami Niklausse, dit le bourgmestre, que sommes-nous venus faire au haut de cette tour?

– Au fait, répondit le conseiller, nous nous laissons emporter par nos rêveries…

– Que sommes-nous venus faire ici? répéta le bourgmestre.

– Nous sommes venus, répondit Niklausse, respirer cet air pur que n'ont pas vicié les faiblesses humaines.

– Eh bien, redescendons-nous, ami Niklausse?

– Redescendons, ami van Tricasse.

Les deux notables donnèrent un dernier coup d'œil au splendide panorama qui se déroulait sous leurs yeux; puis le bourgmestre passa le premier et commença à descendre d'un pas lent et mesuré.

Le conseiller le suivait, à quelques marches derrière lui. Les deux notables arrivèrent au palier sur lequel ils s'étaient arrêtés en montant. Déjà leurs joues commençaient à s'empourprer. Ils s'arrêtèrent un instant et reprirent leur descente interrompue.

Au bout d'une minute, van Tricasse pria Niklausse de modérer ses pas, attendu qu'il le sentait sur ses talons et que « cela le gênait ».

Cela même fit plus que de le gêner, car, vingt marches plus bas, il ordonna au conseiller de s'arrêter, afin qu'il pût prendre quelque avance.

Le conseiller répondit qu'il n'avait pas envie de rester une jambe en l'air à attendre le bon plaisir du bourgmestre, et il continua.

Van Tricasse répondit par une parole assez dure.

Le conseiller riposta par une allusion blessante sur l'âge du bourgmestre, destiné, par ses traditions de famille, à convoler en secondes noces.

Le bourgmestre descendit vingt marches encore, en prévenant nettement Niklausse que cela ne se passerait pas ainsi.

Niklausse répliqua qu'en tout cas, lui, passerait devant, et, l'escalier étant fort étroit, il y eut collision entre les deux notables, qui se trouvaient alors dans une profonde obscurité.

Les mots de butors et de mal-appris furent les plus doux de ceux qui s'échangèrent alors.

–Nous verrons, sotte bête, criait le bourgmestre, nous verrons quelle figure vous ferez dans cette guerre et à quel rang vous marcherez !

– Au rang qui précédera le vôtre, sot imbécile ! répondit Niklausse.

Puis, ce furent d'autres cris, et on eût dit que des corps roulaient ensemble…

Que se passa-t-il ? Pourquoi ces dispositions si rapidement changées ? Pourquoi les moutons de la plate-forme se métamorphosaient-ils en tigres deux cents pieds plus bas ?

Quoi qu'il en soit, le gardien de la tour, entendant un tel tapage, vint ouvrir la porte inférieure, juste au moment où les adversaires, contusionnés, les yeux hors de la tête, s'arrachaient réciproquement leurs cheveux, qui, heureusement, formaient perruque.

–Vous me rendrez raison ! s'écria le bourgmestre en portant son poing sous le nez de son adversaire.

– Quand il vous plaira ! hurla le conseiller Niklausse, en imprimant à son pied droit un balancement redoutable.

Le gardien, qui lui-même était exaspéré, – on ne sait pas pourquoi, – trouva cette scène de provocation toute naturelle. Je ne sais quelle sur-excitation personnelle le poussait à se mettre de la partie.

Mais il se contint et alla répandre dans tout le quartier qu'une rencontre prochaine devait avoir lieu entre le bourgmestre van Tricasse et le conseiller Niklausse.

XIV

*Où les choses sont poussées si loin
que les habitants de Quiquendone, les lecteurs et
même l'auteur réclament un dénouement immédiat.*

Ce dernier, incident prouve à quel point d'exaltation était montée cette population quiquendonienne. Les deux plus vieux amis de la ville, et les plus doux, – avant l'invasion du mal, – en arriver à ce degré de violence ! Et cela quelques minutes seulement après que leur ancienne sympathie, leur instinct aimable, leur tempérament contemplatif, venait de reprendre le dessus au sommet de cette tour !

En apprenant ce qui se passait, le docteur Ox ne put contenir sa joie. Il résistait aux arguments de son préparateur, qui voyait les choses prendre une mauvaise tournure. D'ailleurs, tous deux subissaient l'exaltation générale. Ils étaient non moins surexcités que le reste de la population, et ils en arrivèrent à se quereller à l'égal du bourgmestre et du conseiller.

Du reste, il faut le dire, une question primait toutes les autres et avait fait renvoyer les rencontres projetées à l'issue de la question virgamenoise. Personne n'avait le droit de verser son sang inutilement, quand il appartenait jusqu'à la dernière goutte à la patrie en danger.

En effet, les circonstances étaient graves, et il n'y avait plus à reculer.

Le bourgmestre van Tricasse, malgré toute l'ardeur guerrière dont il était animé, n'avait pas cru devoir se jeter sur son ennemi sans le prévenir. Il avait donc, par l'organe du garde champêtre, le sieur Hottering, mis les Virgamenois en demeure de lui donner réparation du passe-droit commis en 1195 sur le territoire de Quiquendone.

Les autorités de Virgamen, tout d'abord, n'avaient pu deviner ce dont il s'agissait, et le garde champêtre, malgré son caractère officiel, avait été éconduit fort cavalièrement.

Van Tricasse envoya alors un des aides de camp du général confiseur, le citoyen Hildevert Shuman, un fabricant de sucre d'orge, homme très ferme, très énergique, qui apporta aux autorités de Virgamen la minute même du procès-verbal rédigé en 1195 par les soins du bourgmestre Natalis van Tricasse.

Les autorités de Virgamen éclatèrent de rire, et il en fut de l'aide de camp exactement comme du garde champêtre.

Le bourgmestre assembla alors les notables de la ville. Une lettre, remarquablement et vigoureusement rédigée, fut faite en forme d'ultimatum ; le *casus belli* y était nettement posé, et un délai de vingt-quatre heures fut donné à la ville coupable pour réparer l'outrage fait à Quiquendone.

La lettre partit, et revint, quelques heures après, déchirée en petits morceaux, qui formaient autant d'insultes nouvelles. Les Virgamenois connaissaient de longue date la longanimité des Quiquendoniens, et ils se moquaient d'eux, de leur réclamation, de leur *casus belli* et de leur ultimatum.

Il n'y avait plus qu'une chose à faire, s'en rapporter au sort des armes, invoquer le dieu des batailles et, suivant le procédé prussien, se jeter sur les Virgamenois avant qu'ils fussent tout à fait prêts.

C'est ce que décida le conseil dans une séance solennelle, où les cris, les objurgations, les gestes menaçants s'entrecroisèrent avec une violence sans exemple. Une assemblée de fous, une réunion

107

de possédés, un club de démoniaques n'eût pas été plus tumultueux.

Aussitôt que la déclaration de guerre fut connue, le général Jean Orbideck rassembla ses troupes, soit deux mille trois cent quatre-vingt-treize combattants sur une population de deux mille trois cent quatre-vingt-treize âmes. Les femmes, les enfants, les vieillards s'étaient joints aux hommes faits. Tout objet tranchant ou contondant était devenu une arme. Les fusils de la ville avaient été mis en réquisition. On en avait découvert cinq, dont deux sans chiens, et ils avaient été distribués à l'avant-garde. L'artillerie se composait de la vieille couleuvrine du château, prise en 1339 à l'attaque du Quesnoy, l'une des premières bouches à feu dont il soit fait mention dans l'histoire, et qui n'avait pas tiré depuis cinq siècles. D'ailleurs, point de projectiles à y fourrer, fort heureusement pour les servants de ladite pièce ; mais tel qu'il était, cet engin pouvait encore imposer à l'ennemi. Quant aux armes blanches, elles avaient été puisées dans le musée d'antiquités, haches de silex, haumes, masses d'armes, francisques, framées, guisarmes, pertuisanes, verdiers, rapières, etc., et aussi dans ces arsenaux particuliers, connus généralement sous les noms d'offices et de cuisines. Mais le courage, le bon droit, la haine de l'étranger, le désir de la vengeance devaient tenir lieu d'engins plus perfectionnés et remplacer – du moins on l'espérait – les mitrailleuses modernes et les canons se chargeant par la culasse.

Une revue fut passée. Pas un citoyen ne manqua à l'appel. Le général Orbideck, peu solide sur son cheval, qui était un animal malin, tomba trois fois devant le front de l'armée : mais il se releva sans s'être blessé, ce qui fut considéré comme un augure favorable. Le bourgmestre, le conseiller, le commissaire civil, le grand juge, le percepteur, le banquier, le recteur, enfin tous les notables de la cité marchaient en tête. Il n'y eut pas une larme répandue ni par les mères, ni par les sœurs, ni par les filles. Elles poussaient leurs maris, leurs pères, leurs frères au combat, et les suivaient même en formant l'arrière-garde, sous les ordres de la courageuse Mme van Tricasse.

La trompette du crieur Jean Mistrol retentit ; l'armée s'ébranla, quitta la place, et, poussant des cris féroces, elle se dirigea vers la porte d'Audenarde.

Au moment où la tête de colonne allait franchir les murailles de la ville, un homme se jeta au-devant d'elle.

– Arrêtez ! arrêtez ! fous que vous êtes, s'écriat-il. Suspendez vos coups ! Laissez-moi fermer le robinet! Vous n'êtes point altérés de sang! Vous êtes de bons bourgeois doux et paisibles! Si vous brûlez ainsi, c'est la faute de mon maître, le docteur Ox! C'est une expérience! Sous prétexte de vous éclairer au gaz oxy-hydrique, il a saturé…

Le préparateur était hors de lui; mais il ne put achever. Au moment où le secret du docteur allait s'échapper de sa bouche, le docteur Ox lui-même, dans une indescriptible fureur, se précipita sur le malheureux Ygène, et il lui ferma la bouche à coups de poing.

Ce fut une bataille. Le bourgmestre, le conseiller, les notables, qui s'étaient arrêtés à la vue d'Ygène, emportés à leur tour par leur exaspération, se précipitèrent sur les deux étrangers, sans vouloir entendre ni l'un ni l'autre. Le docteur Ox et son préparateur, houspillés, battus, allaient être, sur l'ordre de van Tricasse, entraînés au violon, quand…

XV

Où le dénouement éclate.

… quand une explosion formidable retentit. Toute l'atmosphère qui enveloppait Quiquendone parut comme embrasée. Une flamme d'une intensité, d'une vivacité phénoménales s'élança comme un météore jusque dans les hauteurs du ciel. S'il avait fait nuit, cet embrasement eût été aperçu à dix lieues à la ronde.

Toute l'armée de Quiquendone fut couchée à terre, comme une armée de capucins… Heureusement il n'y eut aucune victime : quelques écorchures et quelques bobos, voilà tout. Le confiseur, qui par hasard n'était pas tombé de cheval à ce moment, eut son plumet roussi, et s'en tira sans autre blessure.

Que s'était-il passé ?

Tout simplement, comme on l'apprit bientôt,

l'usine à gaz venait de sauter. Pendant l'absence du docteur et de son aide, quelque imprudence avait été probablement commise. On ne sait ni comment ni pourquoi une communication s'était établie entre le réservoir qui contenait l'oxygène et celui qui renfermait l'hydrogène. De la réunion de ces deux gaz était résulté un mélange détonnant, auquel le feu fut mis par mégarde.

Ceci changea tout ; – mais quand l'armée se releva, le docteur Ox et le préparateur Ygène avaient disparu.

XVI

*Où le lecteur intelligent voit bien
qu'il avait deviné juste,
malgré toutes les précautions de l'auteur.*

Après l'explosion, Quiquendone était immédiatement redevenue la cité paisible, flegmatique et flamande qu'elle était autrefois.

Après l'explosion, qui d'ailleurs ne causa pas une profonde émotion, chacun, sans savoir pourquoi, machinalement, reprit le chemin de sa maison, le bourgmestre appuyé au bras du conseiller, l'avocat Schut au bras du médecin Custos, Frantz Niklausse au bras de son rival Simon Collaert, chacun tranquillement, sans bruit, sans avoir même conscience de ce qui s'était passé, ayant déjà oublié Virgamen et la vengeance. Le général était retourné à ses confitures, et son aide de camp à ses sucres d'orge.

Tout était rentré dans le calme, tout avait repris la vie habituelle, hommes et bêtes, bêtes et plantes, même la tour de la porte d'Audenarde, que l'explosion, – ces explosions sont quelquefois étonnantes, – que l'explosion avait redressée !

Et, depuis lors, jamais un mot plus haut que l'autre, jamais une discussion dans la ville de Quiquendone. Plus de politique, plus de club, plus de procès, plus de sergents de ville ! La place du commissaire Passauf recommença à être une sinécure, et si on ne lui retrancha pas ses appointements, c'est que le bourgmestre et le conseiller ne purent se décider à prendre une décision à son égard. D'ailleurs, de temps en temps, il continuait de passer, mais sans s'en douter, dans les rêves de l'inconsolable Tatanémance.

Quant au rival de Frantz, il abandonna généreusement la charmante Suzel à son amoureux, qui s'empressa de l'épouser, cinq ou six ans après ces événements.

Et quant à Mme van Tricasse, elle mourut dix ans plus tard, en les délais voulus, et le bourgmestre se maria avec Mlle Pélagie van Tricasse, sa cousine, dans des conditions excellentes… pour l'heureux mortel qui devait lui succéder.

XVII

Où s'explique la théorie du docteur Ox.

Qu'avait donc fait ce mystérieux docteur Ox ? Une expérience fantaisiste, rien de plus.

Après avoir établi ses conduites de gaz, il avait saturé d'oxygène pur, sans jamais leur fournir un atome d'hydrogène, les monuments publics, puis les maisons particulières, et enfin les rues de Quiquendone.

Ce gaz, sans saveur, sans odeur, répandu à cette haute dose dans l'atmosphère, cause, quand il est aspiré, les troubles les plus sérieux à l'organisme. A vivre dans un milieu saturé d'oxygène, on est excité, surexcité, on brûle !

A peine rentré dans l'atmosphère ordinaire, on redevient ce qu'on était avant, voire le cas du conseiller et du bourgmestre, quand, au haut du beffroi, ils se retrouvèrent dans l'air respirable, l'oxygène se maintenant par son poids parmi les couches inférieures.

Mais aussi, à vivre en de telles conditions, à respirer ce gaz qui transforme physiologiquement le corps aussi bien que l'âme, on meurt vite, comme ces fous qui mènent la vie à outrance !

Il fut donc heureux pour les Quiquendoniens qu'une providentielle explosion eût terminé cette dangereuse expérience, en anéantissant l'usine du docteur Ox.

En résumé, et pour conclure, la vertu, le courage, le talent, l'esprit, l'imagination, toutes ces qualités ou ces facultés, ne seraient-elles donc qu'une question d'oxygène ?

Telle est la théorie du docteur Ox, mais on a le droit de ne point l'admettre, et pour notre compte nous la repoussons à tous les points de vue, malgré la fantaisiste expérimentation dont fut le théâtre l'honorable ville de Quiquendone.

JULES VERNE
L'AUTEUR

Jules Verne est né à Nantes en 1828 et est mort à Amiens en 1905. Après ses études secondaires il se rend à Paris pour faire son droit, mais il est plus attiré par le théâtre et les mondanités. Il rencontre Alexandre Dumas qui est directeur du Théâtre lyrique et compose pour lui différentes pièces. Bien que reçu à sa thèse, Verne refuse de reprendre la charge d'avoué de son père. Il commence à se passionner de plus en plus pour la science et l'univers des découvertes. Il fait d'ailleurs la connaissance d'un ancien explorateur chez qui il rencontre de nombreux voyageurs et des géographes. Verne devient secrétaire du Théâtre lyrique, publie des nouvelles, un roman historique, *Martin Paz* et une opérette, *Colin-Maillard,* très bien accueillie par la presse. Parallèlement, il continue d'étudier la géographie, les mathématiques, la physique et rêve d'écrire un « roman de la science ». Après son mariage en 1857, il devient agent de change pour vivre. Il écrit beaucoup tout en travaillant à la Bourse. En 1863, il apporte le manuscrit de *Cinq semaines en ballon* à l'éditeur Hetzel qui lui fait aussitôt un contrat sous la condition que l'auteur donne deux volumes par an pendant vingt ans ! Grâce à un travail acharné de quarante années il élabore une œuvre immense. Il compose, entre autres, *Les Aventures du capitaine*

Hatteras, 1864, *Voyage au centre de la terre*, 1864, *De la Terre à la Lune*, 1865, *Les Enfants du capitaine Grant*, 1868, *Autour de la Lune*, 1870, *Vingt mille lieues sous les mers*, 1870, *Le Tour du monde en quatre-vingt jours*, 1872, publié sous forme de feuilleton dans le journal *Le Temps*. Le succès est tel que Verne peut acheter son troisième yacht, le *Saint-Michel III* et effectuer de nombreuses croisières, jusqu'à ce qu'un accident à la jambe l'oblige à arrêter.

Installé à Amiens, la ville de sa femme, depuis 1872, il compose de nombreux romans dont *L'Ile mysté-rieuse*, 1874, *Mathias Sandorf*, 1885, ou encore *Le Sphinx des glaces*, 1897...

Son œuvre est d'une extraordinaire inspiration. Elle a influencé des personnalités comme Lyautey, ou des découvreurs tels Savorgnan de Brazza et Charcot. Et, de génération en génération, les romans de Jules Verne continuent de passionner ses lecteurs.

Découvrez de grands auteurs
et de grands textes à petits prix

dans la collection FOLIO **JUNIOR**

MAGIC COOKIES

Anita **VAN BELLE**
n° 1175

BON ANNIVERSAIRE !

Jean-Philippe **ARROU-VIGNOD**
n° 1176

OCRE suivi de LA STATUETTE DE JADE

Pierre-Marie **BEAUDE**
et Jean-Philippe **ARROU-VIGNOD**
n° 1177

LE DIAMANT DU RAJAH

Robert Louis **STEVENSON**
n° 1178

LE PASSE-MURAILLE ET AUTRES NOUVELLES

Marcel **AYMÉ**
n° 1179

HISTOIRE DE FEU M. ELVESHAM

H. G. **WELLS**
n° 1180

COUP DE GIGOT ET AUTRES HISTOIRES À FAIRE PEUR

Roald **DAHL**
n° 1181

TROIS COUPS DE FEU

Ernest **HEMINGWAY**
n° 1182

L'ANNIVERSAIRE DE L'INFANTE

Oscar **WILDE**
n° 1199

FABLES

Jean de **LA FONTAINE**
n° 1200

LA GRANDE VIE

J.M.G. **LE CLÉZIO**
n° 1201

L'INVITÉ D'UN JOUR

Truman **CAPOTE**
n° 1202

LA CHEMISE DE LA FÉE ET AUTRES CONTES

Henri **POURRAT**
n° 1221

LE FAUX CALIFE ET AUTRES CONTES

Anonyme
n° 1227

L'ODYSSÉE

HOMÈRE
n° 1228

L'ILIADE

HOMÈRE
n° 1229

TEL EST PRIS QUI CROYAIT PRENDRE

Roald **DAHL**
n° 1247

FABLES

ESOPE
n° 1248

CASSE-NOISETTE

E.T.A. **HOFFMANN**

n° 1249

LA ROUTE DE LA LIBERTÉ

Hervé **JAOUEN**

n° 1250

LE HORLA
ET AUTRES NOUVELLES FANTASTIQUES

Guy de **MAUPASSANT**

n° 1251

BLANC COMME NEIGE

Jean-Paul **NOZIÈRE**

n° 1252

CENDRILLON ET AUTRES CONTES

Charles **PERRAULT**

n° 1253

LE SYSTÈME DU DOCTEUR GOUDRON
ET DU PROFESSEUR PLUME
―――――
E.A. **POE**
n° 1254

LE MÉDAILLON
―――――
Patrick **RAYNAL**
n° 1255

LE PAVILLON DANS LES DUNES
―――――
R.L. **STEVENSON**
n° 1256

BARBEROUSSE
―――――
Michel **TOURNIER**
n° 1257

UN NOËL
―――――
Truman **CAPOTE**
n° 1296

La Fabrique

Marcel **AYMÉ**
n° 1297

La figure jaune

Arthur Conan **DOYLE**
n° 1306

Mise en pages : Aubin Leray
Loi n°49-956 du 16 juillet 1949
sur les publications destinées à la jeunesse
ISBN 2-07-050783-1
Numéro d'édition : 130216
Dépôt légal : septembre 2004
Imprimé en Espagne par
Novoprint (Barcelone)